Canções de louvor
I NY
A B C
DE: JESUS
PARA: O PAI
TODAS AS NAÇÕES DA TERRA
Do SENHOR vem o livramento. A tua bênção está sobre o teu povo.

# Maravilhoso
Descobrindo Jesus nos Salmos

Marty Machowski

Ilustrado por Andy McGuire

Originally published in English under the title
*Wonderfull: ancient Psalms ever new,* by Marty Machowski
Text Copyright © 2020 by Marty Machowski.
Illustration Copyright © 2020 by Andy MacGuire. All rights reserved.
Published 2020.
New Growth Press, Greensboro, NC 27401 — U.S.A

Coordenação editorial: Adolfo A. Hickmann
Tradução: Catarina Müller
Revisão: Dalila de Assis, Rita Rosário, Thaís Soler, Lozane Winter
Projeto gráfico e capa: Audrey Novac Ribeiro
Diagramação: Audrey Novac Ribeiro

Dados Internacionais de Catalogação na Publicação (CIP)

---

MACHOWSKI, Marty —autor; McGuire, Andy —ilustrador
*Maravilhoso: Descobrindo Jesus nos Salmos*
Tradução: Catarina Müller — Curitiba/PR, Publicações Pão Diário
Título original: *Wonderfull: ancient Psalms ever new*
1. Vida cristã  2. Salmos  3. Educação cristã infantil  4. Espiritualidade

---

Proibida a reprodução total ou parcial sem prévia autorização por escrito da editora.
Todos os direitos reservados e protegidos pela Lei 9.610, de 19/02/1998.
Permissão para reprodução: permissao@paodiario.org

Exceto quando indicado o contrário, os trechos bíblicos mencionados são da edição
Nova Tradução na Linguagem de Hoje © 2000 Sociedade Bíblica do Brasil.

**Publicações Pão Diário**
Caixa Postal 9740
82620-981 Curitiba/PR, Brasil
publicacoes@paodiario.org
www.publicacoespaodiario.com.br
Telefone: (41) 3257-4028

Código: LY818
ISBN: 978-65-87506-87-6

1.ª edição: 2022 • 3.ª impressão: 2024

*Impresso na China*

# Dedicatória

Para Bob Kauflin:

Sua música, composição e cuidado pastoral
têm abençoado o coração e a vida de pessoas
ao redor do mundo.

Que o Senhor continue usando os seus dons para promover o
evangelho e apresentar aos jovens e idosos nosso glorioso Cristo.

Tu és o glorioso Cristo,
O maior de todos os deleites.
Teu poder é sem igual,
Teu amor vai além de todas as alturas.
Nenhum sacrifício é maior
Do que quando derramaste Tua vida.
Unimo-nos à canção dos anjos,
Que te louvam noite e dia,
Glorioso Cristo.
—Bob Kauflin

# Sumário

**Introdução** .................................................................. vi
**Capítulo UM: A história de Oliver — Onde tudo começou** ......................... 1
**Bem-vindo aos Salmos**
**Livro 1: Cânticos do rei Davi (Salmos 1-41)** .................................. 11

| | | |
|---|---|---|
| Salmo 1 | Viva como uma árvore junto às águas | 12 |
| Salmo 2 | Uma profecia sobre Jesus | 14 |
| Salmo 3 | Os Salmos contam histórias | 17 |
| | *Yahweh*—Uma palavra muito especial | 19 |
| Salmo 4 | Deus fala com você pelos Salmos | 20 |
| Salmo 5 | Os Salmos nos ajudam a orar | 22 |
| Salmos 6–13 | Orações para dias difíceis | 25 |
| Salmo 8 | Deus é maior do que nossos problemas | 28 |
| Salmo 14 | Notícia ruim chega rápido | 31 |
| Salmo 15 | Mais notícias ruins | 32 |
| Salmo 16 | O segredo para as boas notícias | 34 |
| Salmos 17–21 | As orações e o louvor de Davi | 37 |
| Salmo 22:1-11 | Um olhar adiante... para a cruz | 41 |
| Salmo 22:12-18 | Aconteceu conforme o plano de Deus | 42 |
| Salmo 22:22-31 | Seu nome está escondido no Salmo 22 | 44 |
| Salmo 23 | Jesus é o nosso Pastor | 46 |
| Salmos 24–31 | Mais orações e louvor de Davi | 48 |
| Salmo 32 | Como pedir perdão a Deus (Parte 1) | 52 |
| Salmos 33–41 | Aprendendo sobre Deus com Davi | 54 |

**Capítulo DOIS: A história de Oliver — O coração de Oliver é transformado** ..... 59
**Livro 2: Que as nações louvem (Salmos 42-72)** ................................ 63

| | | |
|---|---|---|
| Salmo 42 | Sedento por Deus | 64 |
| Salmo 43 | Esperança em Deus | 66 |
| Salmos 44–49 | Louvores de ações de graça | 69 |
| Salmo 50 | Seu novo cântico | 72 |
| Salmo 51 | Como pedir perdão a Deus (Parte 2) | 75 |
| Salmo 52 | O que fazer quanto aos seus inimigos | 76 |
| Salmo 53 | Um salmo gêmeo para as nações | 78 |
| Salmos 54–60 | As vitórias do rei Davi | 81 |
| Salmos 61–68 | Como a fé ora | 85 |
| Salmos 69–71 | O sofrimento do nosso Salvador | 88 |
| Salmo 72 | O Rei perfeito | 93 |

**Capítulo TRÊS: A história de Oliver — Oliver lê para o vovô** .............................. **95**
**Livro 3: As canções de Asafe (Salmos 73–89)** .................................................... **97**
    Salmo 73            Deus é tudo o que eu preciso ............................ 98
    Salmo 74            Lembre-se ........................................................ 100
    Salmos 75–77      O Rei de todos os reis ..................................... 102
    Salmo 78            Conte Suas maravilhas .................................... 105
    Salmos 79–83      Nossa tribulação e a ajuda de Deus ................. 106
    Salmos 84–88      Orações para tempos difíceis ........................... 110
    Salmo 89            Um reino que dura para sempre ...................... 112
**Capítulo QUATRO: A história de Oliver — Deus é a força do coração do vovô** ............. **114**
**Livro 4: O Senhor é Rei (Salmos 90–106)** ........................................................ **117**
    Salmo 90            A verdadeira história de Deus .......................... 118
    Salmo 91            Meu lugar seguro ............................................. 121
    Salmo 92            Adoração através dos Salmos .......................... 122
    Salmos 93–99      O Senhor é o nosso Rei .................................... 124
    Salmo 100           Louve ao Senhor em todo lugar ....................... 129
    Salmo 101           A promessa de Davi ........................................ 131
    Salmo 102           Dias difíceis ...................................................... 132
    Salmo 103           Somos abençoados por causa de Jesus ............ 135
    Salmos 104–106   Aleluia! ............................................................. 136
**Capítulo CINCO: A história de Oliver — Deus é o refúgio e força de Oliver** ............... **138**
**Livro 5: Olhando adiante, para o Céu, com louvor (Salmos 107–150)** ................... **141**
    Salmo 107           Diga a todos que venham ................................ 143
    Salmo 108           O panorama geral ............................................ 144
    Salmo 109           Deus está pronto para ajudar ........................... 147
    Salmo 110           O anúncio de Deus ........................................... 148
    Salmos 111–117   Uma montanha de aleluias .............................. 150
    Salmo 118           Dê graças ......................................................... 155
    Salmo 119           Você conhece o ABC? ....................................... 156
    Salmos 120–126   Um cântico para cada passo ............................ 158
    Salmo 127           Precisamos da ajuda de Deus .......................... 163
    Salmos 128–134   Os últimos sete passos .................................... 164
    Salmos 135–137   Lembre-se e espere no Senhor ........................ 168
    Salmos 138–144   Os últimos salmos do rei Davi ......................... 171
    Salmo 145           De geração a geração ....................................... 175
    Salmos 146–149   Temos mais razões para louvar ....................... 176
    Salmo 150           Hora de festejar! .............................................. 178
**A história de Oliver — Um presente para os outros** .............................................. **180**
**Apêndice: Aprofundando-se — Um estudo maravilhoso de 25 salmos** .................. **182**
**Agradecimentos** ................................................................................................... **208**

# Introdução

Maravilhoso — *Descobrindo Jesus nos Salmos* foi preparado para ajudar crianças, pré-adolescentes e adolescentes a crescerem no conhecimento e amor a Deus por meio da leitura dos salmos e aprenderem a usá-los como guia na adoração e oração. Minha esperança é que, nessa jornada de aprender a aplicar cada salmo à vida por meio da oração, você fique maravilhado pela maneira como eles se conectam. Embora cada cântico leve a sua própria mensagem, sua conexão com os outros à sua volta enriquece a história.

Por exemplo, perceba como o Salmo 23 não está ali sozinho. Ele segue o 22, que aponta para a crucificação de Cristo. Assim, precisamos ler: "O SENHOR é o meu pastor: nada me faltará" à sombra da cruz. A razão pela qual não precisamos temer o vale da sombra da morte é porque o nosso Bom Pastor, Jesus, morreu por nós.

Os Salmos, reunidos por um editor inspirado pelo Espírito Santo, abrangem 150 cânticos entoados pelo povo de Deus, Israel. Mil anos se passaram desde o momento em que Moisés escreveu o cântico mais antigo até que o mais recente fosse escrito. Aqueles que confiaram em Deus, em meio a dificuldades da realidade da vida, escreveram esses cânticos. Os temas proeminentes são a dependência do Senhor por meio da oração, esperança no livramento advindo de Deus e confiança em Sua salvação.

Os Salmos são um guia de como falar com Deus sobre esperanças, medos, problemas, frustrações, decepções e gratidão. Ao compartilhar este livro com seu filho, você o iniciará em uma jornada para a vida toda sobre aprender a falar com Deus a respeito de tudo e receber em retorno Seu consolo, convicção, perdão, socorro e esperança. O amor inabalável do Senhor nunca falha!

Para ensinar as crianças a usarem os Salmos como orações, este livro conta a história de um menino à medida que ele aprende a orar essas canções. Ao ler sobre Oliver sendo consolado e ajudado pelos Salmos, encoraje seus filhos a orarem esse livro das Escrituras em meio às suas próprias provações e perdas.

*Maravilhoso — Descobrindo Jesus nos Salmos* é feito para ser lido com a Bíblia. Leia o salmo indicado e, em seguida, o texto correspondente do capítulo. Saiba que diversas faixas etárias podem apreciar este livro. Embora ele tenha sido escrito para a idade escolar, as ilustrações ajudarão os mais novos a acompanharem a leitura. Você também pode encorajar seus filhos mais velhos a começarem um diário para registrar as orações deles ao longo dos Salmos. A seção "Olhando mais de perto" traz sugestões para anotações no diário e outras ideias sobre como aplicar a mensagem do salmo à vida. Ao final do livro, para estudantes mais velhos, há um guia de estudo chamado "Aprofundando-se — Um estudo maravilhoso de 25 salmos".

Por fim, quero encorajá-lo a ler este livro lentamente. Não se apresse ao ler os Salmos. Leia apenas um à noite antes de dormir. Cada salmo é um tesouro, e quanto mais tempo você investir neles, mais os achará maravilhosos. Que Deus abençoe sua família, ao longo de *Maravilhoso — Descobrindo Jesus nos Salmos*, ao cantar e orar os Salmos.

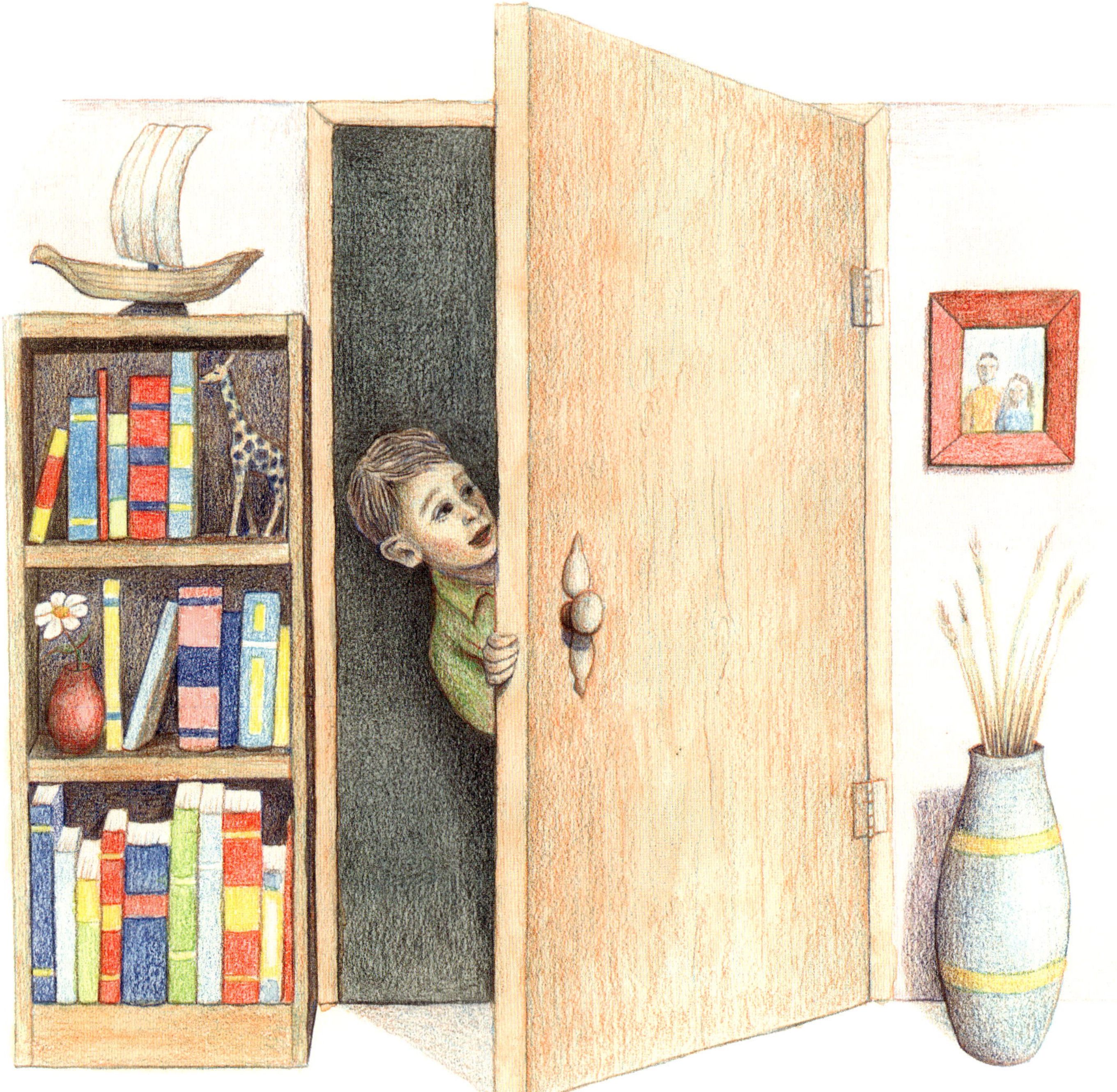

Capítulo UM
# A história de Oliver

## Onde tudo começou

Oliver, um menino de 11 anos, acordou ao som das cigarras e do latido do cachorro do vovô, Charlie. Na noite anterior, ele e seus pais fizeram uma longa viagem — deixando sua casa e amigos para trás — a fim de ajudar o vovô em sua fazenda.

Oliver desceu da cama, se vestiu e saiu na ponta dos pés para não acordar seus pais. Quando o menino abriu a porta do quarto, o piso de madeira gasto da casa da fazenda rangeu. Talvez esse fosse um novo começo — uma nova escola, novos amigos e, o melhor de tudo, um lugar para abandonar o passado.

Ao espiar pelo corredor, Oliver pôde ver o escritório do avô. O Sol brilhava pelas janelas chegando por aquela passagem. Como seu avô, Oliver amava ler, então foi em direção ao escritório, ansioso por encontrar um bom livro.

Ele percebeu uma mesa que tinha derrubado há vários anos quando perseguia Charlie pela casa. Seus pais não gostaram nada nada, mas o vovô disse:

—A vida tem muitos problemas, mas felizmente esse é um dos pequenos. — e então sorriu para Oliver. Vovô era sempre gracioso.

Enquanto inspecionava a biblioteca do avô, Oliver não pôde deixar de perceber o raio de sol refletindo diretamente sobre um livro em especial. Ele se inclinou para olhar mais de perto.

Na lombada do livro, estava o título *Maravilhoso — Descobrindo Jesus nos Salmos*. Ao tirá-lo da prateleira, ele percebeu um recado preso com fita adesiva na capa, que dizia: "Um presente para Oliver".

Oliver ficou ainda mais curioso. Era um presente para ele; o que mais devia esperar para lê-lo? Do lado de fora da janela, havia uma floresta em plena floração esperando para ser explorada. Era também o lugar perfeito para ler. Oliver colocou o livro debaixo do braço, desceu rapidamente para a sala, empurrou a porta com força e foi para fora, deixando a porta de tela balançando.

Oliver correu pelo gramado em direção à floresta. Um emaranhado de madressilvas cobria a cerca, enchendo o ar com seu doce perfume. Os pássaros voavam de um lado para o outro, e, de vez em quando, um esquilo ou coelho pulava a uma certa distância. As folhas das árvores sussurravam enquanto o vento assobiava por dentre os galhos.

Oliver avistou um tronco caído ao pé de um antigo carvalho — o cantinho perfeito para ler! Ele se assentou no tronco e abriu o livro, ansioso para começar a história.

O garoto rapidamente percebeu que o livro continha uma coleção de músicas antigas. Devia ser por isso que o vovô havia escolhido aquele livro para ele, pois Oliver amava música!

Ele começou lendo o Salmo 1, que trazia uma promessa antiga e uma bênção eterna — de que "pessoas são como árvores que crescem na beira de um riacho […] e as suas folhas não murcham". Oliver amava a ideia das árvores plantadas junto a ribeiros de água. Ele olhou para os galhos da árvore e imaginou um mundo em que as folhas jamais secariam ou cairiam.

À medida que Oliver continuava a ler, percebeu que essa linda promessa era para apenas um grupo de pessoas: aquelas que abandonam o seu pecado. De uma vez só, o entusiasmo de Oliver por essa leitura desabou.

Ele começou a se lembrar das coisas erradas que tinha feito — em especial, sua recente suspensão por colar em uma prova na escola. Ler o Salmo 1 o relembrou de tudo aquilo; não apenas a cola, mas o que havia por detrás dela, aquilo que, acima de tudo, o levava a colar. De repente, ele se sentiu como um personagem do Salmo 1: o homem que se deixa levar "pelos conselhos dos maus".

## Havia esperança para ele?

Cuidadosamente, ele continuou a ler. Mas os seus medos se concretizaram ao ler a última frase desse salmo: *o fim dos maus são a desgraça e a morte.*

Vovô, ao buscar seu café pela manhã, percebeu a porta de tela entreaberta e pensou: *Aposto que ele está lá fora lendo*. O vovô foi em direção ao seu escritório e imediatamente percebeu que o livro não estava na prateleira. Sorrindo, calçou suas botas e saiu em busca de Oliver, pois sabia onde encontrá-lo: na floresta, embaixo do carvalho.

—Eu sabia que o encontraria aqui! — disse vovô. — Então, me diga, o que está achando do livro?

—Como o senhor sabia onde me encontrar? — perguntou Oliver.

—Você sempre amou a floresta.

Pela primeira vez em algum tempo, Oliver sentiu que alguém o conhecia e entendia. Desde que era um garotinho, ele e o avô liam livros juntos. Mas as coisas estavam diferentes agora. Oliver tinha certeza de que vovô não aprovaria seu comportamento atual, muito menos o que estava se passando em sua mente e coração.

—Então, gostou do livro? — perguntou o vovô novamente.

—Bem, eu li o Salmo 1, e sendo bem sincero, ele me fez sentir sem esperanças. Ele me fez pensar em todas as coisas que eu tenho feito de errado ultimamente.

Então, vovô se sentou ao lado de Oliver:

—A gente se sente assim, não é? O Salmo 1 coloca um holofote sobre o nosso pecado, e isso é sempre difícil. Ninguém gosta de pensar naquilo que faz de errado. Mas a boa notícia é que Deus não nos trata como o nosso pecado nos faz merecer. Ele é tardio em se irar e transborda de amor. Por Deus ser santo, Ele não pode estar na presença do pecado. Então Ele enviou Jesus, o Perfeito — que nunca "se [deixou] levar pelos conselhos dos maus, que não [seguiu] o exemplo dos que não querem saber de Deus" — para ser o nosso Salvador. Jesus fez o que nós jamais poderíamos fazer. Ele tinha prazer na Lei do Senhor e meditava nela dia e noite. Ele viveu uma vida perfeita e nos oferece a maior troca de todos os tempos: Sua vida perfeita e Seu sacrifício pelo nosso pecado e vergonha. Ele troca o Seu impecável histórico pelo nosso pecaminoso.

Oliver comparou sua *própria* vida com a de Jesus, que era perfeita. Seria possível uma troca como essa? Vovô continuou:

—Mais de 2000 anos atrás, Jesus voluntariamente morreu na cruz, pendurado lá por pecadores como eu e você. Enquanto estava na cruz, Deus Pai derramou a nossa punição sobre Seu Filho, que, então, morreu. Mas, três dias depois, Cristo ressurgiu dos mortos, provando a Sua vitória sobre o pecado e a morte, estabelecendo o caminho para a nossa salvação. Ele é a nossa única esperança de perdão. Ele é a única forma pela qual podemos viver como as "árvores que crescem na beira de um riacho".

Oliver disse:

—Eu sempre ouvi na igreja que Jesus morreu pelos nossos pecados, mas eu não pensava muito sobre isso. — No entanto, ele estava pensando sobre isso agora.

Vovô continuou:

—O Salmo 1 é um convite para descobrir as bênçãos de seguir a Palavra de Deus. Todos nós pecamos, Oliver. Você não está sozinho nisso. Mas podemos aceitar o convite de graça e perdão que Deus nos dá. Podemos experimentar a bênção de andar com Ele, assim como a bela ilustração do Salmo 1.

Oliver se perguntava:

*Isso é verdade? Existe esperança para mim? Posso mesmo ter um novo começo?*

Vovô continuou:

—Sabe, *Maravilhoso: Descobrindo Jesus nos Salmos* era meu livro favorito quando eu tinha a sua idade. Ele me ensinou sobre Deus e como conversar com Ele. Aprendi até com que palavras orar. Eu o li pela primeira vez nessa mesma floresta, debaixo dessa mesma árvore.

—Uau, — Oliver exclamou — essa árvore deve ser velha!

Vovô riu.

—Esse carvalho tem mais de cem anos! Eu posso estar ficando velho, mas ainda não cheguei lá. Ei, eu tenho uma ideia. Você gostaria de ler este livro comigo? Um salmo novo a cada dia?

—É mesmo? Podemos ler debaixo deste grande carvalho? — Oliver perguntou.

—Claro que sim, eu tenho todo tempo do mundo e adoraria usá-lo lendo com você.

—Obrigado, vovô. Eu gostaria muito!

Enquanto eles caminhavam de volta para a casa da fazenda, Oliver se perguntava se Deus poderia ouvir suas orações. Ele só queria pedir duas coisas: por um novo começo e que o vovô se sentisse melhor.

BEM-VINDOS, VIAJANTES CANSADOS.
TENHAM PRAZER NA LEI DE DEUS
E SEJAM ABENÇOADOS.

O LIVRO
DOS
SALMOS

# Bem-vindo aos Salmos

Nos Salmos, Deus nos convida a conhecer e amar a Sua Palavra. Em especial, Ele quer que façamos uso dela.

Cada salmo é uma canção. As melodias musicais se perderam, mas as palavras foram preservadas em um livro. Os Salmos usam poesia para nos ensinar verdades sobre Deus e sobre nós mesmos. Com frequência, trazem descrições bem visuais para ilustrar algo importante.

Em seus salmos, Davi, na maioria das vezes, compartilha seus sentimentos com Deus. Às vezes o salmista está feliz, às vezes, triste. Há outros momentos em que ele está preocupado ou irritado. Ao longo do seu dia, você pode se encontrar com o Senhor enquanto lê os Salmos. Você pode ser encorajado ao saber que não está sozinho e que, assim como Deus ajudou Davi, Ele o ajudará também.

Pense no seu dia. Qual é a sua expectativa? Pelo que você pode agradecer a Deus? Existe alguma coisa que gostaria que não estivesse acontecendo hoje? Como você pode pedir ao Senhor para ajudá-lo com isso?

# Livro Nº 1

## Salmos 1–41
CÂNTICOS DO REI DAVI

# Viva como uma árvore junto às águas
## LEIA O SALMO 1

**Felizes são aqueles
que não se deixam levar pelos conselhos dos maus,
que não seguem o exemplo dos que não querem
 saber de Deus e que não se juntam com os que
 zombam de tudo o que é sagrado!
Pelo contrário, o prazer deles está na lei do SENHOR,
e nessa lei eles meditam dia e noite.**

**Essas pessoas são como árvores
que crescem na beira de um riacho;
elas dão frutas no tempo certo,
e as suas folhas não murcham.
Assim também tudo o que essas pessoas fazem dá certo.**

**O mesmo não acontece com os maus;
eles são como a palha que o vento leva.
No Dia do Juízo eles serão condenados
e ficarão separados dos que obedecem a Deus.
Pois o SENHOR dirige e abençoa a vida daqueles
 que lhe obedecem, porém o fim dos maus são
 a desgraça e a morte.**

Essas são as palavras do primeiro salmo. Que imagens encontramos nele? Imagine ser uma árvore plantada junto às águas. O que isso teria de bom? Agora imagine ser "palha" (a parte sem utilidade do trigo que é tão leve a ponto de ser levada pelo vento). O que isso teria de ruim?

Para uma árvore, a margem do riacho é o melhor lugar para se estar. Crescer junto a corrente de águas fornece para a árvore bastante água e um bom solo, mesmo quando não chove por um longo tempo. Para uma pessoa, viver como uma árvore plantada à beira de águas correntes significa que você ama a Deus e confia que Ele cuida de você. Mesmo nas dificuldades da vida, o Senhor está com você para ajudá-lo a confiar nele e suprir tudo o que você precisa. Mas aqueles que não seguem a Deus e se recusam a confiar nele serão como a palha que se dispersa.

Deus está chamando você para ser como uma árvore plantada "na beira de um riacho" — à medida que segue a Jesus. Ele obedeceu ao Salmo 1 perfeitamente. Nenhum de nós pode viver perfeitamente como Jesus, mas, se colocarmos a nossa confiança nele, Jesus promete compartilhar Sua vida perfeita conosco e remover o nosso pecado. Cristo será o nosso resgatador e ajudador.

Quando você acredita em Jesus e no sacrifício dele na cruz, o Espírito Santo preenche você. Ele escreve a Lei de Deus no seu coração (Jeremias 31:33) e o ajuda a dar bons frutos assim como a árvore junto às águas.

# Olhando mais de perto

Considere manter um diário do seu estudo dos Salmos. A cada novo registro, anote o número do salmo, o que você aprendeu sobre Deus e o que você aprendeu sobre si mesmo. Você pode começar hoje pedindo ao Senhor para ajudá-lo a se tornar uma pessoa assim como as "árvores que crescem na beira de um riacho" do Salmo 1 — sempre confiando em Jesus, recordando e praticando a Palavra de Deus.

# Uma profecia sobre Jesus
## LEIA O SALMO 2

O rei diz: "Anunciarei o que o SENHOR afirmou".
  O SENHOR me disse:
"Você é meu filho; hoje eu me tornei seu pai.
Peça, e eu lhe darei todas as nações;
  o mundo inteiro será seu.
Com uma barra de ferro, você as quebrará
  e as fará em pedaços como se fossem potes de barro. (vv.7-9)

O Salmo 2 olha bem adiante no futuro com grande alegria — o dia quando Deus enviaria Seu Filho para nascer na Terra. Mas, junto a essa grande alegria, vem grande tristeza, pois muitas pessoas se voltariam contra Ele.

Houve um homem em particular que se voltou contra Jesus, o Filho de Deus, pouco depois do Seu nascimento: o rei Herodes (v.2), que tentou se livrar de Jesus quando ouviu falar dele. Por quê? Ele estava com medo de perder seu próprio poder. Ele queria fazer as coisas à sua maneira.

Como o rei Herodes, você já quis fazer as coisas à sua maneira, em vez da maneira de Deus? Você já se perguntou se poderia ser um governante melhor? Talvez você goste de estar no controle de tudo. Quem sabe tenha receio do que isso possa custar, ou do que você possa perder ao seguir o Senhor.

Felizmente, Deus já conhece o seu coração, e Ele veio para resgatar os pecadores. Ele enviou Seu Filho Jesus para morrer em seu lugar, de modo que a maldição do pecado pudesse ser quebrada — para que você possa viver como uma árvore que cresce "na beira de um riacho" — tendo prazer em seguir a Jesus, em vez de tentar fazer o próprio caminho. Deus o convida a adorar e a se prostrar perante Ele.

Um dia, todo joelho se dobrará diante do Rei Jesus, mesmo aqueles que o rejeitaram. Mas aqueles que confiam no perdão dos pecados por intermédio de Cristo são plenamente perdoados, por toda a eternidade.

Até que chegue esse dia, Deus chama você para honrá-lo com a sua vida. Você pode fazer isso todos os dias, aonde quer que você vá.

## Olhando mais de perto

Veja o último versículo do Salmo 2: "Felizes são aqueles que buscam a proteção de Deus!" (v.12). Um refúgio é um local seguro. O que podemos aprender sobre Jesus com esse salmo que o torna o seu melhor local seguro? Peça a Deus que o ajude a lembrar que Jesus é o Rei dos reis. Como você pode honrá-lo hoje?

## Olhando mais de perto

Você já teve problemas para pegar no sono?
Quais verdades Davi fala sobre Deus que você poderia se
lembrar quando tiver dificuldades para dormir?
Se desejar, escreva-os em seu diário
para ajudá-lo a se lembrar.

# Os Salmos contam histórias
## LEIA O SALMO 3

Eu me deito, e durmo tranquilo,
   e depois acordo porque o SENHOR me protege. (v.5)

Os Salmos são cheios de histórias e orações que podem ser usadas no seu dia a dia. O capítulo de hoje conta a história de um tempo em que o rei Davi estava triste e clamava a Deus por ajuda. Esse salmo também pode ser a sua oração quando você estiver triste e com medo.

O filho de Davi, Absalão, tinha se voltado contra ele. Todos os dias, Absalão ficava no portão da cidade, colocando o povo contra o rei (2 Samuel 15:1-6). Ele também convidou um exército de homens para se unir à sua missão (2 Samuel 18:1-5).

Imagine como Davi deve ter se sentido estando em guerra com seu próprio filho! Mas foi nesse momento que o rei se lembrou da promessa de Deus para ele: "Estive com você em todos os lugares por onde tem ido e, conforme você foi avançando, eu o defendi de todos os seus inimigos" (2 Samuel 7:9).

Então, naquela noite, enquanto Davi estava tendo dificuldades para pegar no sono, ele confiou na promessa de Deus e orou. E, então, adormeceu em paz — livre de todo medo. No dia seguinte, o exército de Davi venceu a batalha contra Absalão!

Como Davi, você também enfrenta batalhas. Talvez você seja tentado a fazer algo errado, talvez alguém esteja sendo mau para você, ou alguém que você ama esteja doente. Seja qual for sua batalha, quando estamos tentando pegar no sono, nossos problemas podem parecer ainda maiores. Quando isso acontece, você pode, como Davi, se lembrar das promessas de Deus e pedir a ajuda do Senhor. Onde você viu o auxílio de Deus no passado? Tente fazer essa mesma pergunta aos seus pais.

Então, ore juntamente com Davi: "Mas tu, ó SENHOR, me proteges como um escudo. Tu me dás a vitória e renovas a minha coragem" (Salmo 3:3). Deus promete estar com você. Ele é um escudo à sua volta e Aquele que levanta a sua cabeça. Ele sustentará você.

## NO SALMO 3

Olhando mais de perto **Yahweh**

Ó SENHOR Deus, tenho tantos inimigos!
São muitos os que se viram contra mim!
Eles conversam a meu respeito e dizem:
"Deus não o ajudará!"

Tu me dás a vitória e renovas a minha coragem.
Eu chamo o SENHOR para me ajudar,
e lá do seu monte santo ele me responde.

## Mas tu, ó SENHOR, me proteges como um ESCUDO.

Eu me deito, e durmo tranquilo,
e depois acordo porque o SENHOR me protege.
Não tenho medo dos milhares de inimigos
que me ameaçam de todos os lados.
Vem, ó SENHOR!
Salva-me, meu Deus!
Tu atacas os meus inimigos;
tu humilhas os maus e acabas com o seu poder.
És tu que dás a vitória.
Ó SENHOR Deus, abençoa o teu povo.

# *Yahweh*
# Uma palavra muito especial

A palavra SENHOR (em versalete) ocorre seis vezes no Salmo 3. Veja se você consegue encontrar todas elas.

Na língua portuguesa, a palavra SENHOR é a tradução do termo hebraico *Yahweh* (pronunciada ia-vé). *Yahweh* é o nome que Deus disse a Moisés na sarça ardente para se dirigir a Ele (Êxodo 3:15).

Deus disse ao Seu povo, através de Moisés, que homem algum poderia vê-lo e viver (Êxodo 33:20). Quando a voz de Deus trovejou do Seu santo monte, o povo ficou com medo. Eles viram o Senhor enviar pragas e fogo para destruir Seus inimigos e disciplinar o Seu povo quando eles se desviaram de Seus mandamentos. O povo respeitava a santidade de Deus e temia até mesmo pronunciar o nome *Yahweh*. Por isso, quando eles liam as Escrituras, diziam outra palavra para se referir a Deus. Eles substituíam pela palavra hebraica *Adonai*, que significa SENHOR.

Essa tradição se estende até os nossos dias. Em vez de escrever o nome de Deus, *YaHWeH*, muitas versões da Bíblia em português substituem essa palavra por SENHOR. As letras maiúsculas nos mostram que se trata do nome da aliança, *YaHWeH*. Agora olhe o Salmo 3 novamente, dessa vez com a palavra *Yahweh*.

# Deus fala com você pelos Salmos
## LEIA O SALMO 4

**Lembrem que o SENHOR Deus trata com cuidado especial aqueles que são fiéis a ele; o SENHOR me ouve quando eu o chamo. (v.3)**

Você sabia que você tem um professor que o ajuda a aprender os Salmos? Ele é o Espírito Santo. O Espírito Santo é Deus. Deus é triúno, o único Deus em três pessoas: o Pai, o Filho e o Espírito Santo. Uma das atribuições do Espírito Santo é ajudar você a entender a Bíblia. Cada vez que abrir o livro de Salmos, peça a Ele para falar com você e ajudá-lo a compreender o que o Senhor está lhe dizendo hoje. Ele sempre o ajudará.

A cada salmo, o Espírito Santo pode ajudá-lo a aprender algo maravilhoso sobre Deus. E você também aprenderá sobre como o Altíssimo o ama e o ajuda. Por exemplo, no Salmo 4, aprendemos que Davi confiou em Deus para ouvir e responder suas orações. Em que momento é fácil para você acreditar que Deus ouve suas orações? E quando é difícil?

Aprendemos também que Davi dependia de Deus para adormecer. Ele diz: "Quando me deito, durmo em paz, pois só tu, ó SENHOR, me fazes viver em segurança" (v.8). Davi confia que as promessas de Deus são verdadeiras, mesmo no escuro. Então, aprendemos que o Senhor está perto e é digno de confiança. Você crê nisso? Consegue se lembrar de um momento em que soube que Ele estava próximo? Quando é difícil confiar que Deus está perto?

O que você fez hoje? Aonde você foi? Antes de ir para a cama, compartilhe o seu dia com Deus, assim como Davi fazia (v.4). Você seguiu e obedeceu a Deus hoje? Se não, peça perdão a Ele e clame pela ajuda do Senhor para viver para Ele amanhã. Em Jesus, Ele o perdoará e o ajudará. Qual das promessas de Deus você consegue recordar nessa noite?

## Olhando mais de perto

Uma boa forma de aprender como orar é reescrever um salmo como se fosse sua própria oração. Você pode escolher apenas um versículo ou alguns para colocar em suas próprias palavras. Em pouco tempo, você terá um diário cheio de orações e verdades maravilhosas! Já no próximo capítulo, praticaremos o exercício de transformar os Salmos em nossas orações.

## Os Salmos nos ajudam a orar
### LEIA O SALMO 5

Ó SENHOR Deus, ouve as minhas palavras
e escuta os meus gemidos!
pois eu oro a ti, ó SENHOR!

Meu Rei e meu Deus, atende o meu pedido de ajuda,

De manhã ouves a minha voz;
quando o sol nasce, eu faço a minha oração e espero a tua resposta.

Você sabia que pode usar as palavras dos Salmos para ajudá-lo a orar? Quando você ler um salmo, pense em maneiras de usá-lo em suas orações a Deus. Nós temos dias difíceis, assim como os salmistas tiveram, e também precisamos da ajuda de Deus.

Exercite fazer do Salmo 5 a sua própria oração. Peça ao Espírito Santo para ajudá-lo a usar as orações de Davi e torná-las suas. Por exemplo, o Salmo 5 poderia ficar assim:

> *Querido Jesus, o Senhor é o meu Rei e o meu Deus. Por favor, ouça a minha oração esta manhã, me ajude a viver para o Senhor e veja tudo o que eu faço.*
>
> *Deus, por favor, me perdoe por ignorar o Senhor hoje. Perdoe-me por mentir para os meus pais e por ser mau para a minha irmã. Obrigado por Seu perdão e porque posso me aproximar do Senhor por causa de Jesus. Obrigado por me ouvir.*
>
> *Esta semana, eu realmente preciso da Sua ajuda na escola. Estou tão cansado das outras crianças serem más. Por favor, fale com elas — o Senhor sabe quem elas são. Seja o meu escudo e protetor e faça um caminho para mim para que eu saiba o que fazer. Obrigado por ser sempre o meu lugar seguro. Amém.*

Agora é a sua vez! Tente remodelar o Salmo 5 com as suas próprias palavras e oração. Compartilhe o que realmente está no seu coração. Em que área você precisa da ajuda de Deus? Onde você precisa de perdão? Pelo que você está agradecido? Ofereça as suas palavras a Deus como oração.

## Olhando mais de perto

Faça uma lista de todas as coisas que Davi diz que Deus fará por ele em resposta à oração que fez. Sublinhe um versículo do Salmo 5 que você gostaria de relembrar hoje. Se quiser, pode colocar a data próximo ao versículo e seu pedido de oração.

Salmo 11:1

# Orações para dias difíceis
## LEIA OS SALMOS 6; 7; 9; 10; 11; 12; 13

O choro é uma oração ou canção triste na qual o autor expressa a dificuldade que sente. Quando coisas tristes acontecem, os Salmos nos mostram que está tudo bem dizer a Deus como realmente nos sentimos. O Senhor é o nosso Pai amoroso, que se importa conosco e está sempre pronto a nos consolar.

O rei Davi clamou a Deus em tempos de aflição e até escreveu canções sobre esses dias difíceis para que todas as pessoas cantassem. Davi orou a Deus para que o protegesse diante de seus inimigos. Durante toda a sua vida, havia pessoas que queriam lhe prejudicar, assim como a Israel. Para você, qualquer um dos seus problemas pode ser seus "inimigos". Essas canções são exemplos de como podemos orar sempre que estivermos com qualquer tipo de problema.

Leia os Salmos 6; 7; 9; 10; 11; 12 e 13. À medida que você ler, lembre-se de que Jesus é o Senhor. Ele sabe como os dias tristes podem ser difíceis, pois teve muitos deles. Por isso, da próxima vez que algo triste ou decepcionante acontecer, conte a Deus como você se sente. Então, como fez o rei Davi, peça ajuda ao Senhor. Você pode orar um desses salmos todos os dias. Não há pressa! Use o tempo que precisar.

### SALMO 6
#### Uma oração a Deus para quando estiver triste

**Estou cansado de chorar. Todas as noites a minha cama se molha de lágrimas, e o meu choro encharca o travesseiro. Por causa dos meus inimigos, os meus olhos estão inchados de tanto chorar, e quase não posso enxergar. (vv.6-7)**

Leia o Salmo 6 em sua Bíblia. Escolha um ou dois versículos como guia e diga a Deus todas as razões pelas quais você está triste. Então peça a Ele que o ajude com o inabalável amor dele (v.4). De que maneira orar dessa forma ajudou você?

## SALMO 7
### Uma oração a Deus para quando você estiver com dificuldades

**Ó SENHOR, meu Deus, em ti encontro segurança. Salva-me, livra-me de todos os que me perseguem. (v.1)**

**Deus me protege como um escudo; ele salva os que são honestos de verdade. (v.10)**

Leia o Salmo 7 em sua Bíblia. Que parte da oração de Davi faz você se lembrar da sua vida e de algo pelo que está passando? Sublinhe um versículo e coloque a data ao lado para se lembrar de orar pedindo ajuda. Pode ser que, da próxima vez que ler o Salmo 7, você acrescente como Deus respondeu a sua oração.

## SALMO 9
### Uma oração por graça

**Ó SENHOR Deus, tem compaixão de mim! Vê como me fazem sofrer os que me odeiam. (v.13)**

Nesse salmo, Davi ora para que Deus lhe dê graça (a ajuda que ele não merece). Às vezes, a melhor coisa a se fazer em um dia difícil é se lembrar do que Deus já fez por você. Davi faz isso no Salmo 9. Ele começa contando todos os feitos maravilhosos do Senhor. Faça uma lista de 10 coisas que Deus fez por você. Então transforme cada item da lista em uma oração de agradecimento e a ofereça ao Senhor. Depois, peça graça para o que você está enfrentando hoje.

## SALMO 10
### Uma oração para quando se sentir sozinho

**Ó SENHOR Deus, por que ficas aí tão longe? Por que te escondes em tempos de aflição? (v.1)**

**Os que não podem se defender confiam em ti; tu sempre tens socorrido os necessitados. (v.14)**

Você já sentiu como se Deus estivesse longe de você? Leia o Salmo 10. Embora Davi sinta como se Deus estivesse distante, ainda assim ele ora. De que maneira o final do salmo é diferente do começo (vv.16-18)? O que você aprende com o Salmo 10 sobre o momento de orar?

## SALMO 11
### Uma oração por segurança

**Com Deus, o SENHOR, estou seguro. Não adianta me dizerem: "Fuja como um pássaro para as montanhas porque os maus já armaram os seus arcos e de tocaia apontam as flechas para atirar nas pessoas direitas. O que pode fazer a pessoa honesta quando as leis e os bons costumes são desprezados?". (vv.1-3)**

**O SENHOR faz o que é certo e ama a honestidade; as pessoas que são obedientes a ele viverão na sua presença. (v.7)**

Perceba como Davi preenche sua oração de verdades a respeito de Deus. Faça uma lista de três coisas pelas quais você deseja orar e três verdades sobre quem Deus é que você pode declarar para Ele em oração. Então encontre um local sossegado e ore, usando as duas listas.

## SALMO 12
**Uma oração para quando estiver desencorajado**

Salva-nos, ó SENHOR Deus, pois já não há mais pessoas de confiança, e os que são fiéis a ti desapareceram da terra. Todos dizem mentiras uns aos outros; um engana o outro com bajulações. (vv.1-2)

Ó SENHOR Deus, guarda-nos sempre bem-protegidos e livra-nos dos maus. (v.7)

"Salvar" é outra palavra para "resgatar". Deus nos resgata da aflição e do pecado e nos consola em nosso sofrimento. Em quais áreas você precisa da salvação do Senhor?

## SALMO 13
**Uma oração para quando estiver cansado de esperar a ajuda de Deus**

Ó SENHOR Deus, até quando esquecerás de mim? Será para sempre? Por quanto tempo esconderás de mim o teu rosto? Até quando terei de suportar este sofrimento? Até quando o meu coração se encherá dia e noite de tristeza? Até quando os meus inimigos me vencerão? (vv.1-2)

Eu confio no teu amor. O meu coração ficará alegre, pois tu me salvarás. (v.5)

Quando estamos em dificuldades, pode parecer que Deus não está ouvindo nossas orações. Davi quer que o Senhor faça algo naquele momento! Ele quer saber "Por quanto tempo?". Nós também podemos fazer essas perguntas. Mas, por fim, podemos nos voltar para Deus, como Davi fez, e dizer que confiamos em Seu inabalável amor. O Senhor pode nos ajudar a esperar pacientemente pela resposta da nossa oração e a confiar que Ele nos ouve quando clamamos.

# Deus é maior do que nossos problemas
## LEIA O SALMO 8

> Quando olho para o céu, que tu criaste, para a lua e para as estrelas, que puseste nos seus lugares — que é um simples ser humano para que penses nele?
> Que é um ser mortal para que te preocupes com ele? (vv.3-4)

Em meio aos Salmos que nos ajudam a orar pelos nossos problemas, esse nos lembra o quão grande e poderoso Deus é. O Senhor é maior do que qualquer dificuldade que enfrentamos. O escritor desse salmo, deslumbrado com a criação, celebra a glória e a majestade do Criador. No Novo Testamento, o escritor de Hebreus cita o Salmo 8 e nos diz que Jesus é o "Filho do Homem" sobre quem Davi está escrevendo (Hebreus 2:5-9). Não é bom se lembrar de Jesus em meio à nossa dificuldade? Ele passou por dias difíceis e entende como é perder amigos, passar por decepções, zombaria e até mesmo agressões. Mas Jesus também é o Rei do mundo inteiro. Ele ressuscitou dos mortos e agora está assentado à direita do Pai, orando por nós (Hebreus 7:25). E Jesus diz a você: "Venham a mim, todos vocês que estão cansados de carregar as suas pesadas cargas, e eu lhes darei descanso" (Mateus 11:28).

Numa noite de céu limpo, saia e observe as estrelas. Quão pequenos somos se comparados à imensidão do espaço! Jesus falou, e este mundo veio a existir. Quão poderoso Deus deve ser para criar os planetas, estrelas e galáxias do espaço sideral! Ele é mais poderoso do que os nossos problemas e o ajudará quando você pedir.

## Olhando mais de perto

Escreva em seu diário todas as coisas que você consegue lembrar neste mundo que são maiores do que você. Então, ao lado de cada uma, escreva: "Deus é maior do que_____". Use essa lista para se lembrar de que Deus é mais poderoso e maior do que qualquer coisa no Universo, e que Ele se importa com você.

## Olhando mais de perto

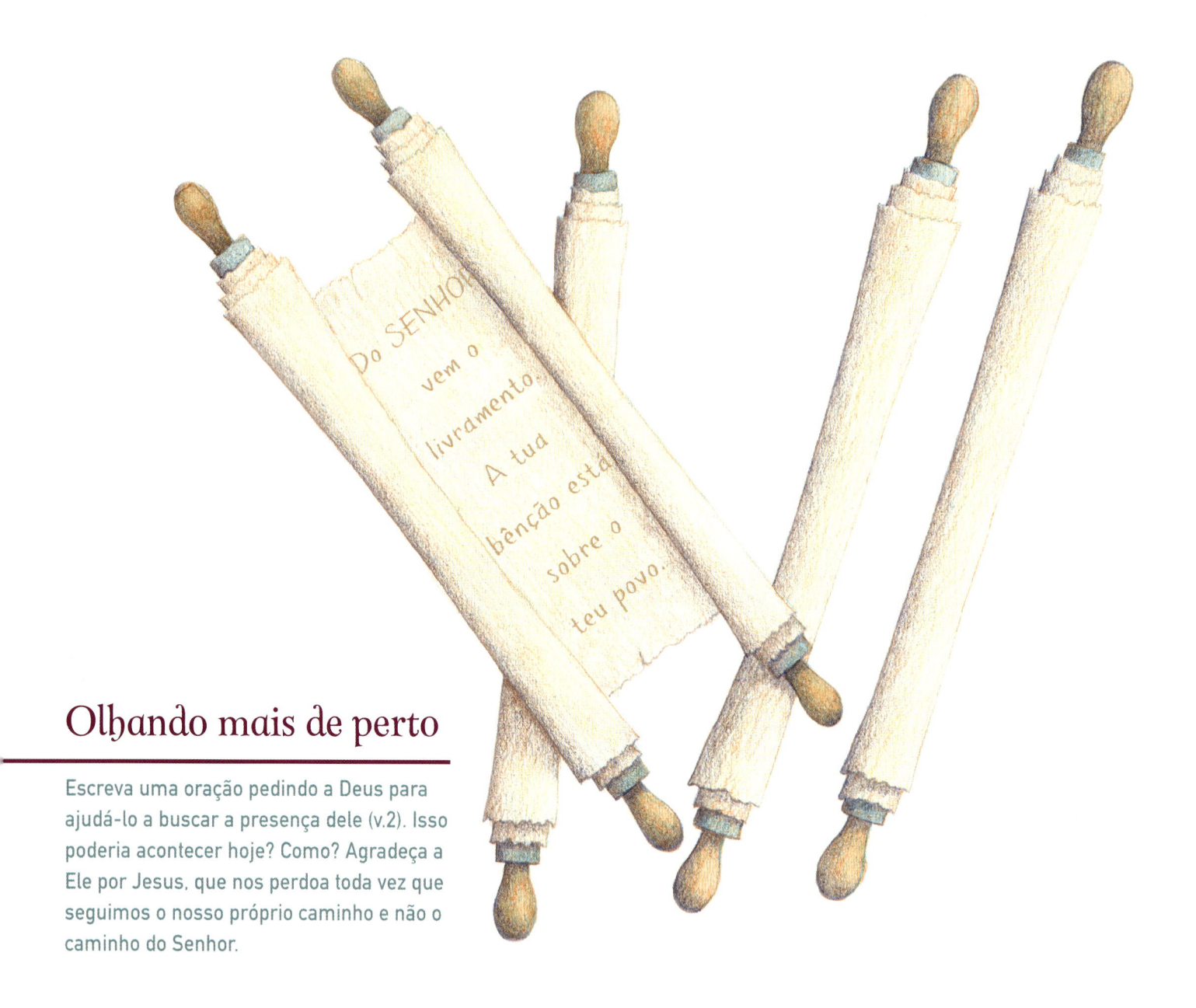

Escreva uma oração pedindo a Deus para ajudá-lo a buscar a presença dele (v.2). Isso poderia acontecer hoje? Como? Agradeça a Ele por Jesus, que nos perdoa toda vez que seguimos o nosso próprio caminho e não o caminho do Senhor.

# Notícia ruim chega rápido
## LEIA O SALMO 14

> Lá do céu, o SENHOR Deus olha para a humanidade a fim de ver se existe alguém que tenha juízo, se existe uma só pessoa que o adore.
> Mas todos se desviaram do caminho certo e são igualmente corruptos. Não há mais ninguém que faça o bem, não há nem mesmo uma só pessoa. (vv.2-3)

Você já leu uma série de livros em que cada volume acrescenta algo à história como um todo? O que aconteceria se você lesse apenas um dos livros da série? O que você poderia perder?

Assim como os livros da série, cada salmo faz mais sentido ao ser lido com os que estão antes e depois dele. A pessoa que agrupou os cânticos em um livro colocou cada um bem onde queria, de modo que eles funcionassem juntos. Por exemplo, se você ler os Salmos 14, 15 e 16, perceberá que cada um deles tem a sua própria mensagem. O Salmo 14 começa com notícias ruins — Deus procurou por justos e não pôde encontrá-los. Todos desobedeceram aos Seus mandamentos e falharam em amar uns aos outros. Já o Salmo 15 segue dizendo que apenas as pessoas que fazem o que é certo podem entrar no Céu. Vamos imaginar que você parasse de ler aqui. O que você pensaria a respeito de Deus? O que pensaria de si mesmo?

Para ler toda a história, você precisa continuar até o salmo seguinte. A história de Deus não termina com pecadores imperfeitos. Em vez disso, o Salmo 16 nos conta que aqueles que confiam no Senhor viverão com Ele para sempre no Céu (vv.10-11). O Salmo 14 compartilha as boas-novas de que Deus recebe pecadores à salvação. Davi confiou nessa promessa de salvação e olhou na direção do Salvador que estava por vir. Você tem confiado na dádiva de Deus acerca da salvação em Jesus?

À medida que lê os Salmos, lembre-se de lê-los como uma coleção. Dessa forma você verá todas as histórias menores à luz da grande história sobre Deus de como Ele salva o Seu povo. Você lerá as más notícias de que todos nós fazemos coisas erradas à luz das boas-novas de que Jesus veio para salvar os pecadores.

# Mais notícias ruins
## LEIA O SALMO 15

*Ó SENHOR Deus, quem tem o direito de morar no teu Templo? Quem pode viver no teu monte santo? (v.1)*

Os seus pais já lhe disseram que você devia limpar o quarto antes de ir brincar lá fora? Ou já disseram que você precisaria terminar suas tarefas antes de assistir ao seu programa favorito? No salmo de hoje, Deus ensina o que você precisa fazer antes de poder ir para o Céu. E, à primeira vista, parece muito mais difícil do que realizar algumas tarefas aqui. Na verdade, parece impossível.

Davi diz que, para você ir para o Céu, precisa ser inculpável — completamente perfeito —, sem registro algum de erros. Você deve sempre escolher o caminho certo, sempre dizer a verdade, amar os outros o tempo todo, cumprir todas as suas promessas e compartilhar com as pessoas que têm necessidades. Isso significa nenhuma palavra ruim, nenhuma mentira, nenhum pecado, o dia inteiro, todos os dias. Existe alguém que consegue ter uma vida perfeita? Eu sei que eu não consigo! Felizmente, Deus já sabe que somos insuficientes e providenciou um caminho melhor. Ele enviou Jesus para viver a vida perfeita por nós.

Jesus sempre escolheu o caminho correto. Ele falou a verdade, abençoou outros, cumpriu Suas promessas e ajudou aqueles que tinham necessidades. Ele cumpriu cada uma das exigências de Deus. Então Ele oferece levar o nosso pecado e nos dar Seu histórico perfeito para podermos ir para o Céu. Davi nos conta no Salmo 16 como ele colocou a sua fé no Senhor.

Quando você confia em Jesus e clama por Seu perdão, Ele realmente perdoa os seus pecados e o torna inculpável. Você pode participar da Sua justiça e ser perdoado porque Jesus viveu de maneira perfeita e ofereceu a si mesmo como sacrifício por seu pecado. Você pode ser inteira e completamente aceito por Deus. Isso sim são boas-novas!

# Olhando mais de perto

Escreva uma oração a partir desse salmo. Pode ser algo como: "Ó Senhor, ajude-me a fazer o que é certo e andar corretamente diante da Sua presença. Eu quero viver para o Senhor, mas eu errei. Eu pequei quando _____ (preencha sobre você mesmo). Por favor, me perdoe e me ajude a acreditar e a confiar no Seu Filho Jesus".

# O segredo para as boas notícias
## LEIA O SALMO 16

*Porque tu não me abandonarás no sepulcro, nem permitirás que o teu santo sofra decomposição. (v.10 NVI)*

Os versos 9 e 10 do Salmo 16 contêm um segredo sobre algo maravilhoso que Deus estava por fazer. O Senhor compartilhou esse mistério com Davi muitos e muitos anos antes de ele acontecer. Você sabe qual era esse segredo?

Aqui está: visto que Davi morreu, e seu corpo retornou ao pó, esse salmo não pode estar falando sobre ele. O Salmo 16 aponta para Jesus, que morreu, mas não sofreu decomposição porque ressuscitou no terceiro dia! Depois que o Filho de Deus ressurgiu dos mortos e subiu ao Céu, o apóstolo Pedro compartilhou esse salmo para provar que Jesus é o Messias (Atos 2:23-28).

Nos versos 9 e 10, Davi nos conta sobre a vida, a morte e a ressurreição de Jesus muitos e muitos anos antes de Jesus até mesmo nascer! Embora Davi não soubesse que Ele se chamaria assim, confiou no plano futuro de Deus de enviar o Salvador. Por essa razão, Davi não tinha medo. Em vez disso, ele estava animado quanto ao futuro!

Pedro, pregando o Salmo 16, nos diz: "...todos os que pedirem a ajuda do Senhor serão salvos" (Atos 2:21). Quando cremos e colocamos a nossa confiança em Jesus, compartilhamos da esperança de Davi. Agora você pode ser feliz como o rei era: Jesus morreu e ressuscitou, então você pode participar da Sua alegria e deleites para sempre! E essa é a melhor notícia de todos os tempos!

## Olhando mais de perto

Separe um momento para ler a história da ressurreição em um dos quatro evangelhos. Enquanto lê, tente visualizar os acontecimentos. Imagine que está se escondendo pela estrada, assistindo o desenrolar dos fatos. Você vê os soldados romanos vigiando o túmulo e assiste enquanto os seguidores de Jesus correm para compartilhar as boas-novas de Cristo.

Salmo 17:8

Salmo 18:28

Salmo 18:35

Salmo 18:2

# As orações e o louvor de Davi
## LEIA OS SALMOS 17–21

Davi cantou e orou essas palavras a Deus 3000 anos atrás! Apesar de serem muito antigos, os Salmos ainda nos ensinam a orar a Deus hoje. Eles nos ensinam que o Senhor ouve as nossas orações (Salmos 17:6; 18:6). Ao lê-los, vemos que Davi confiou em Deus como seu Salvador (Salmo 18:50) e creu que, quando seus olhos se fechassem no dia em que morresse, se abririam novamente no Céu, e ele veria o Altíssimo (Salmo 17:15).

Olhe atentamente e você verá pistas do plano de Deus de um dia nos salvar por intermédio de Seu Filho Jesus. O Salmo 18 fala de um homem justo que não tem pecado, mas ele não pode ser Davi. O rei de Israel sabe que é pecador e que precisa que Deus o salve e o declare inocente (Salmo 19:12). Muito embora ele não soubesse o nome de Jesus, Davi confiou no plano de Deus de nos salvar e nos redimir (Salmo 19:14). A palavra redimir significa "comprar de volta". Jesus realmente "comprou de volta" a nossa vida da morte. Ele pagou o preço máximo ao entregar Sua vida. Ele assumiu a punição que nós merecíamos para que fôssemos perdoados e libertos. Embora Davi não soubesse que o Redentor de Deus se chamaria Jesus, ele confiou no plano de Deus para salvá-lo dos seus pecados (Salmo 20:6-7). Em razão disso, Davi creu que viveria para sempre com Deus no Céu (Salmo 21:4-6).

À medida que lê esses salmos, você perceberá que Davi usa palavras visuais para nos ajudar a compreender como Deus é e todas as maneiras como Ele nos ama e nos protege. Circule todas as palavras visuais em sua Bíblia que o ajudam a entender Deus e o amor dele.

## SALMO 17
### Deus responde nossas orações

Eu oro a ti, ó Deus, porque tu me respondes.
    Por isso ouve-me, escuta as minhas palavras. (v.6)

Protege-me como protegerias os teus próprios olhos e,
    na sombra das tuas asas. (v.8)

Davi diz a Deus o que acredita a Seu respeito. Diga ao Senhor no que você crê a Seu respeito usando as palavras do salmista. Tudo o que Davi diz sobre o Senhor Deus é verdade hoje e eternamente!

## SALMO 18
### Deus ouve nosso clamor por ajuda

O SENHOR é a minha rocha, a minha fortaleza e o meu libertador. O meu Deus é uma rocha em que me escondo. (v.2)

No meu desespero, eu clamei ao SENHOR e pedi que ele me ajudasse. Do seu templo no céu o SENHOR ouviu a minha voz, ele escutou o meu grito de socorro. (v.6)

Quando algo ruim acontece conosco, podemos ficar com raiva, culpar a Deus e virar as costas para Ele, ou podemos correr em Sua direção, buscando ajuda. O que Davi fez? De que forma a oração de Davi pode ajudar você a orar quando se sente triste ou chateado?

## SALMO 19
### Deixe que a Palavra de Deus guie suas orações

Que as minhas palavras e os meus pensamentos sejam aceitáveis a ti, ó SENHOR Deus, minha rocha e meu defensor! (v.14)

O versículo 14 é uma oração maravilhosa para ser feita todos os dias pelo restante da sua vida. Tendo o Senhor como a sua rocha e o seu redentor, você pode ter certeza de que Ele o ajudará a falar e pensar tudo aquilo que agrada a Deus. Memorize esse versículo e faça dele a sua oração matinal.

## SALMO 20
### Confie no Senhor

Agora sei que o SENHOR dá a vitória ao rei que ele escolheu.
  Do seu santo céu, ele lhe responde e, com o seu grande
  poder, ele o torna vitorioso.
Alguns confiam nos seus carros de guerra, e outros,
  nos seus cavalos, mas nós confiamos no poder do
  SENHOR, nosso Deus. (vv.6-7)

Você sabia que pode usar os Salmos para orar pelos seus amigos e familiares? Faça uma lista daqueles que você conhece que precisam de oração. Use as palavras do Salmo 20 para ajudá-lo a orar por essas pessoas. Insira o nome dessas pessoas toda vez que vir a palavra "você" ou "seu/sua".

## SALMO 21
### Jesus é o nosso eterno Rei

O rei pediu vida, e tu lhe deste vida longa, sem fim.
  A glória do rei é grande porque tu o ajudaste.
Tu lhe deste majestade e fama. As tuas bênçãos estão
  sobre ele para sempre, e a tua presença lhe dá muita
  alegria. (vv.4-6)

O Salmo 21 é uma oração de agradecimento. Apesar de experimentar muitos momentos difíceis, Davi jamais se esqueceu das bênçãos que Deus deu a ele. Quais são algumas das bênçãos que Deus tem dado a você? Use o Salmo 21 como um guia e fale sobre elas a Deus em oração agradecendo por cada uma.

## Olhando mais de perto

Você pode se voltar a Jesus em meio às suas dificuldades. Por Ele ter sofrido, você pode ter certeza de que Ele entende como você se sente.

Agradeça a Ele por entender. Agradeça a Ele por deixar o Céu para sofrer em seu lugar.

Peça a Ele que o ajude a confiar que, independentemente da provação que você enfrentar, Ele nunca deixará você sozinho.

Ele sempre estará com você (Hebreus 13:5).

# Um olhar adiante… para a cruz
## LEIA O SALMO 22:1–11

**Meu Deus, meu Deus, por que me abandonaste? (v.1)**

No salmo de hoje, Davi está em fuga, e seu inimigo, rei Saul, está bem na cola dele para matá-lo. Enquanto foge e se esconde, Davi clama a Deus dia e noite. Porém o Senhor não responde. Onde Ele está? Por que Ele não está ajudando?

Você já fez perguntas desse tipo? Você já clamou a Deus e se perguntou se Ele estava lá e se realmente estava ouvindo? Anime-se, Davi também, e ele não era o único.

Separe um momento para ler o Salmo 22:1. Ele parece familiar? Você já leu essas palavras em algum outro lugar das Escrituras? Veja: mil anos depois, uma multidão está zombando de Jesus. Soldados colocam uma coroa de espinhos sobre a cabeça dele e espancam o Seu corpo. Eles o açoitam com chicotes e o pregam numa cruz de madeira. Eles levantam a cruz, deixando-o morrer. Enquanto a escuridão cobre a Terra, Jesus clama as mesmas palavras do versículo 1: "Meu Deus, meu Deus, por que me abandonaste?" (Mateus 27:46).

Embora Davi tenha escrito o Salmo 22 sobre as provações de sua própria vida, o Espírito Santo o inspirou a escrever palavras que também indicavam o sofrimento de Cristo. Tanto Jesus quanto Davi foram desprezados e zombados, sentiram-se sozinhos e se voltaram para Deus Pai em busca de ajuda.

# Aconteceu conforme o plano de Deus
SALMO 22:12-18

## Perfuraram minhas mãos e meus pés.
Salmo 22:16 (NVI)

Depois os soldados fizeram uma coroa de ramos cheios de espinhos, e a puseram na cabeça dele, e o vestiram com uma capa vermelha. Chegavam perto dele e diziam: — Viva o rei dos judeus! E davam bofetadas nele. (João 19:2-3)

…fizeram uma coroa de espinhos e a colocaram em sua cabeça. Puseram uma vara em sua mão direita e, ajoelhando-se diante dele, zombavam… (Mateus 27:29 NVI)

O Salmo 22 é um retrato do futuro. Muito antes da vida e morte de Jesus, Davi escreveu essas palavras, e cada uma delas se tornou realidade em João 19, pois tudo isso era parte do plano de Deus (Atos 2:23).

Os evangelhos contam a triste história da crucificação de Jesus, mas isso não era o fim; ali também encontramos a esperança da salvação. Em Mateus 27, Jesus está cercado por aqueles que queriam feri-lo. Eles zombavam dele e o ridicularizavam. Em João 19, Jesus tem Seus pés e mãos perfurados. Suas roupas foram divididas e vendidas. Seus amigos o traíram.

Jesus assumiu o seu pecado e a sua vergonha para que você pudesse receber o presente da salvação. Ele fez isso porque Ele o ama e quer lhe dar o perdão e a vida eterna. Você já colocou a sua fé em Cristo para o perdão dos seus pecados? Como você poderia agradecer ao Senhor hoje pelo presente da salvação?

## Olhando mais de perto

Marque a página do Salmo 22 em sua Bíblia, então abra em João 19 e Mateus 27. Agora olhe um depois do outro e procure semelhanças. Veja palavras, frases e sentenças que coincidem. O que você pode perceber? Escreva as semelhanças e diferenças em seu diário.

# Seu nome está escondido no Salmo 22
## LEIA O SALMO 22:22-31

> Ele não abandona os pobres, nem esquece dos seus sofrimentos. Ele não se esconde deles, mas responde quando gritam por socorro. (v.24)

O Salmo 22 traz tantas verdades maravilhosas que vamos continuar pensando sobre ele! Você sabia que ele não foi escrito apenas para o povo de Israel? Também foi escrito para você. Quando Davi diz que Deus está chamando a geração seguinte — ele está falando em relação ao futuro, incluindo você. Mais incrível ainda, ele recebe o mundo todo! O plano do Senhor sempre foi convidar cada nação ou tribo para serem salvos. O Céu estará cheio de pessoas de cada canto do mundo (Salmo 22:27; Apocalipse 7:9-10).

Embora você e eu não fôssemos nascidos quando Davi escreveu o Salmo 22, somos parte do plano de Deus. Se você olhar atentamente, verá o seu nome escondido nas palavras do Salmo 22 quando diz: "As pessoas dos tempos futuros o servirão e falarão *às gerações seguintes* a respeito de Deus, o Senhor. Os que ainda não nasceram ouvirão falar do que ele fez: 'Deus salvou o seu povo!'" (vv.30-31 ênfase adicionada). Percebe como você é parte do plano de Deus nas palavras que Davi compartilhou?

O Senhor escreveu os nomes de todas as pessoas que Ele planejou salvar em um livro especial chamado "o livro da vida" (Apocalipse 13:8). Davi predisse que Jesus morreu pelos "que ainda não nasceram". O Livro da Vida está preenchido com os nomes deles — todos os que Deus planejou resgatar de seus pecados. A Bíblia nos conta que podemos ter certeza de que o nosso nome está escrito lá se nós abandonarmos o nosso pecado e crermos em Jesus.

Ao pensar no *Livro da Vida* e imaginar os muitos nomes listados ali, quem você desejaria ver incluído? Existe um amigo ou membro da sua família que ainda não confiou em Cristo? Como você pode compartilhar a mensagem de esperança em Deus com eles?

# Olhando mais de perto

Como você pode compartilhar a mensagem do evangelho com aqueles, por todo o mundo, que ainda não conhecem a Jesus? Peça ideias aos seus pais ou pastor se precisar de ajuda. Como um seguidor de Cristo, Deus convida você a compartilhar as boas-novas de Jesus com todos em todo lugar!

# Jesus é o nosso Pastor
## LEIA O SALMO 23

O SENHOR é o meu pastor:
  nada me faltará.
Ele me faz descansar
  em pastos verdes
  e me leva a águas tranquilas.
O SENHOR renova as minhas forças
  e me guia por caminhos certos,
  como ele mesmo prometeu.
Ainda que eu ande
  por um vale escuro como a morte,
  não terei medo de nada.

Pois tu, ó SENHOR Deus,
  estás comigo; tu me proteges e me diriges.
Preparas um banquete para mim,
  onde os meus inimigos me podem ver.
Tu me recebes
  como convidado de honra
  e enches o meu copo até derramar.
Certamente a tua bondade
  e o teu amor
  ficarão comigo enquanto eu viver.
E na tua casa, ó SENHOR,
  morarei todos os dias da minha vida.

Imagine que você esteja viajando com a sua família para uma nova cidade. Embora nunca tenha visitado esse lugar, os seus pais já visitaram, e você sabe que pode confiar neles. Então os segue até o ônibus e a rodoviária, por longos corredores e escadarias, e atravessa ruas lotadas. Eles ficam de olho em você (e você fica observando para ter certeza de que eles estão por perto) até que você volta para casa. Podemos dizer que eles estavam pastoreando você pela cidade, assim como um pastor cuida de suas ovelhas. Os pastores vigiam, guiam e protegem quem pertence ao seu rebanho. Eles estão sempre com as suas ovelhas.

No Salmo 23, Davi chama o Senhor de seu pastor (v.1). Quando Jesus veio à Terra, Ele explicou às pessoas que Ele era o pastor de quem Davi estava falando (João 10:14). Ele guia, consola e protege Sua ovelha (que é você!) todo dia, semana, mês e ano. Ao seguir o seu Bom Pastor, você não tem nada a temer. Jesus diz: "— Deixo com vocês a paz. É a minha paz que eu lhes dou; não lhes dou a paz como o mundo a dá. Não fiquem aflitos, nem tenham medo" (João 14:27). Por Ele amar você, Ele cuida e anda ao seu lado. Mais importante de tudo, nosso Bom Pastor, Jesus, entregou a Sua vida por nós (João 10:11). Um Bom Pastor está disposto a entregar a vida para salvar Suas ovelhas de inimigos como leões e lobos.

Jesus morreu na cruz para nos salvar do pecado e da morte. É sobre isso que o Salmo 22 fala. Nós podemos descansar no cuidado do Pastor (Salmo 23) porque, pela Sua morte na cruz (Salmo 22), Jesus derrotou nossos maiores inimigos — o pecado e a morte — para nos trazer a paz. Davi declara sobre Deus: "estás comigo" (v.4). Essa é a promessa de que precisamos nos lembrar todos os dias. De que maneira você precisa que Jesus esteja com você hoje?

Peça a Jesus que cuide de você hoje e o faça lembrar que, por Ele estar próximo, você não precisa temer o mal.

## Olhando mais de perto

Reescreva o Salmo 23 como uma oração a Jesus. Agradeça a Ele por todas as maneiras como Ele tem cuidado de você e peça para Ele cuidar de você hoje. Conte a Jesus qualquer coisa que tem deixado você preocupado ou com medo.

# Mais orações e louvor de Davi
## LEIA OS SALMOS 24–31

Podemos aprender muito sobre Deus ao ler os salmos do rei Davi. Nesses cânticos, descobrimos que Deus é o nosso Poderoso Rei da Glória (Salmo 24:10), nossa rocha e fortaleza (Salmo 31) e Aquele que nos salva da tribulação (Salmo 27:1). Deus é santo (Salmo 29:2), o Rei eterno (Salmo 29:10), e Ele é fiel (Salmo 26:3). Também aprendemos sobre o nosso relacionamento com o Senhor. Podemos confiar nele (Salmo 28:7), refugiar-nos nele em tempos de angústia (Salmo 31:2), clamar para que Ele perdoe os nossos pecados (Salmo 25:18) e pedir que Ele nos cure (Salmo 30:2). Assim como Davi, podemos fazer essas mesmas orações. Podemos clamar: "Ó SENHOR, ensina-me os teus caminhos!", como no Salmo 25, ou "Ó SENHOR Deus, em ti eu busco proteção", tal qual o Salmo 31. Separe um momento para pensar sobre quais palavras desses salmos você gostaria de orar hoje. Neles, Deus nos fala sobre si mesmo e nos dá palavras que podemos orar como resposta. Você pode orar em voz alta, silenciosamente ou até mesmo escrever suas orações.

## Salmo 24
### Brade e cante os louvores de Deus

Quem é esse Rei da glória? É Deus, o SENHOR Todo-Poderoso; ele é o Rei da glória. (v.10)

Os Salmos são cheios de louvores a Deus. Tente ler o Salmo 24:8-10 em voz alta cinco vezes seguidas. Encontre um lugar tranquilo onde você possa ficar sozinho, então comece com um sussurro e termine bradando os louvores ao Senhor. Não é bom declarar em voz alta os louvores de Deus?

## Salmo 25
### Peça que Deus o guie

Ensina-me a viver de acordo com a tua verdade, pois tu és o meu Deus, o meu Salvador. Eu sempre confio em ti. (v.5)

Leia o Salmo 25 e então o use como a sua oração a Deus. Acrescente detalhes sobre as suas próprias dificuldades, adicione também a confissão do seu pecado enquanto ora cada linha.

## Salmo 26
### Ore pela ajuda de Deus

Examina-me e põe-me à prova, ó SENHOR; julga os meus desejos e os meus pensamentos, pois o teu amor me guia, e a tua verdade sempre me orienta. (vv.2-3)

Deus escolheu Davi para ser o rei de Israel porque Davi o amava. Deus disse a seu respeito: "um homem segundo o meu coração" (Atos 13:22). O que Davi diz no Salmo 22 que mostra o quanto ele amava a Deus? Que tipo de coisas você faz e diz simplesmente por amar a Deus?

## Salmo 27
### Não tenha medo

O SENHOR Deus é a minha luz e a minha salvação; de quem terei medo? O SENHOR me livra de todo perigo; não ficarei com medo de ninguém. (v.1)

Existe poder ao declarar no que nós acreditamos a respeito de Deus. O que Davi diz que crê sobre Deus nesse salmo? No que ele acredita a respeito de Deus dá a ele mesmo uma perspectiva diferente sobre os seus próprios medos. Leia a declaração afirmativa da fé do rei Davi no Salmo 27, então escreva a sua própria. Pense em três coisas relacionadas a Deus que você sabe que são verdadeiras. Agora acrescente ao final de cada uma a frase: "De quem terei medo?".

## Salmo 28
### Confie em Deus e dê graças

O SENHOR é a minha força e o meu escudo; com todo o coração eu confio nele. O SENHOR me ajuda; por isso, o meu coração está feliz, e eu canto hinos em seu louvor. (v.7)

Por que o coração de Davi "está feliz" nesse salmo? Quais são os três versículos do Salmo 28 que você pode usar como a sua própria oração a Deus? Quando encontrá-los, use-os como guia para fazer uma oração ao Senhor.

## Salmo 29
### Dê glória a Deus

Deem ao SENHOR a honra que ele merece; curvem-se diante do SENHOR, o Santo Deus, quando ele aparecer. (v.2)

Tributar a glória a Deus significa dar ou atribuir glória a Ele — louvá-lo pelas Suas obras. Faça uma lista de todas as coisas que o Senhor tem feito por você; então escreva o seu próprio salmo dando louvores a Deus por quem Ele é e o que Ele tem feito.

## Salmo 30
### Louve ao Senhor

Cantem louvor a Deus, o SENHOR, vocês, o seu povo fiel! Lembrem do que o Santo Deus tem feito e lhe deem graças. A sua ira dura só um momento, mas a sua bondade é para a vida toda. O choro pode durar a noite inteira, mas de manhã vem a alegria. (vv.4-5)

Muitos dos Salmos nos convidam a cantar louvores a Deus. Cantar é uma das melhores maneiras de investir tempo com o Senhor. Escolha a sua canção de adoração favorita e a cante de manhã, logo que levantar como uma forma de seguir o chamado do Salmo 30.

## Salmo 31
### Refugie-se em Deus

Ó SENHOR Deus, em ti eu busco proteção; livra-me da vergonha de ser derrotado. Tu és justo; eu te peço que me ajudes. Ouve-me e salva-me agora. Peço que sejas uma rocha de abrigo, uma defesa para me salvar. (vv.1-2)

Os Salmos nos trazem muitas orações que nos ajudam a ver maneiras de clamar a Deus por ajuda. Leia o Salmo 31 e peça a Deus para ajudá-lo usando algumas das palavras que você encontra nessa passagem.

# Como pedir perdão a Deus (Parte 1)
**LEIA O SALMO 32**

> Então eu te confessei o meu pecado
> e não escondi a minha maldade.
> Resolvi confessar tudo a ti,
> e tu perdoaste
> todos os meus pecados. (v.5)

Você sente dificuldade de contar a Deus que fez algo de errado? De fato, parece mais fácil esconder os nossos pecados e fingir que não fizemos nada de ruim. Davi também passou por isso. O Salmo 32 é a história de um momento em que ele primeiro tentou ignorar seus pecados, mas finalmente os confessou a Deus.

Davi pensou que, se escondesse seu pecado, ele simplesmente desapareceria. Será? Não. Muito pelo contrário, era somente nele que o salmista conseguia pensar! O pecado é bem assim. Em vez de desaparecer, ele continua relembrando o que você fez.

Talvez você, assim como Davi, tenha feito algo errado. Você sabe que é errado, mas não quer ficar encrencado. O pecado pode causar bastante vergonha, ou talvez um medo de decepcionar a Deus ou os seus pais. Mas o Salmo 32 nos mostra a melhor maneira de lidar com os nossos pecados.

Davi confessou o seu erro a Deus — ele trouxe à luz o que fez de errado —, e o Senhor imediatamente o perdoou! Ele ficou livre de todo julgamento e culpa, daquele constante sentimento de vergonha. Davi sentiu-se aliviado e se lembrou desta verdade: em Deus há perdão para os nossos pecados!

Nós sabemos muito mais do que Davi a respeito do perdão dos pecados. Davi olhava adiante na expectativa de um Messias que salvaria o seu povo, mas nós podemos olhar para trás e nos lembrar que o nosso Salvador já veio. Jesus morreu por todos os nossos pecados. E, ao ressuscitar, Deus lhe disse: "Sim! Eu aceito a Sua morte como pagamento por todos que creem em você, Jesus". Então, quando você peca, não é preciso encobrir. Você pode se lembrar de que Jesus o perdoa e rapidamente admitir o seu erro a Deus e a quem você possa ter magoado.

Salmo 32:9

## Olhando mais de perto

Escreva uma oração de confissão no seu diário
usando o Salmo 32 como guia. Leia 1 João 1:7-9
e o acrescente também em sua oração.

# Aprendendo sobre Deus com Davi
## LEIA OS SALMOS 33–41

O rei Davi geralmente inclui declarações (avisos) nos Salmos para dizer a todos o que ele sabia sobre Deus. Quando ele escrevia essas canções, o Espírito Santo o inspirava quanto ao que dizer. É por isso que podemos confiar que tudo o que Davi escreveu sobre Deus é verdadeiro. Ao lembrar que o Senhor é o mesmo hoje como Ele era na época de Davi, podemos confiar e nos apegar às mesmas promessas. Leia os capítulos do Salmo 33 ao 41 e veja o que você pode aprender sobre Deus. De que maneira essas passagens o ajudam a crescer em amor e confiança no Senhor?

## SALMO 33
### Tema ao Senhor

Que toda a terra tema a Deus, o SENHOR! Que todos os habitantes do mundo o temam! Pois ele falou, e o mundo foi criado; ele deu ordem, e tudo apareceu. (vv.8-9)

Lembrar-se das coisas maravilhosas que Deus tem feito é uma grande forma de se animar sobre louvá-lo. O que Ele tem feito por você? Faça uma lista de pelo menos três coisas, então use-as para adorar a Deus. Use o louvor de Davi como um guia para criar o seu próprio cântico.

## SALMO 34
### Compartilhe o livramento de Deus

Eu pedi a ajuda do SENHOR, e ele me respondeu; ele me livrou de todos os meus medos. Os que são perseguidos olham para ele e se alegram; eles nunca ficarão desapontados. Eu, um pobre sofredor, gritei; o SENHOR me ouviu e me livrou das minhas aflições. (vv.4-6)

Ao lermos a Bíblia, o Espírito de Deus frequentemente destaca um versículo para nós. Leia o Salmo 34 e peça ao Senhor para lhe mostrar por meio de qual versículo Ele está falando com você hoje. Use esse versículo para guiar suas orações, pensamentos e planos para este dia.

## SALMO 35
### Declare os louvores de Deus

> Porém que gritem de alegria os que desejam que eu seja declarado inocente! Que eles digam sempre: "Como é grande o SENHOR! Ele está contente porque tudo vai bem com o seu servo". (v.27)

Davi com frequência pedia a Deus para lutar suas batalhas e defendê-lo de seus inimigos. Todos nós temos batalhas — às vezes contra inimigos, outras contra circunstâncias tristes que nos aconteceram. Peça a Deus que lute por você, então lembre-se de agradecer quando Ele o livrar.

## SALMO 36
### Fale do amor de Deus

> Como é precioso o teu amor! Na sombra das tuas asas, encontramos proteção. Ficamos satisfeitos com a comida que nos dás com fartura; tu nos deixas beber do rio da tua bondade. (vv.7-8)

Os primeiros seis versículos do Salmo 36 descrevem os maus, enquanto os versículos de 7 a 10 descrevem aqueles que vivem para Deus. Pense em todas as coisas maravilhosas que Deus concede àqueles que confiam nele. Você também pode dizer: "Como é precioso o teu amor!"? Peça a Deus que o ajude a se lembrar o quanto é maravilhoso conhecer o amor divino e que o impeça de ser como os ímpios que não temem (adoram e amam) ao Senhor.

## SALMO 37
### Encorajamento para confiar em Deus

> Que a sua felicidade esteja no SENHOR! Ele lhe dará o que o seu coração deseja. (v.4)

O Salmo 37 é cheio de versículos maravilhosos para memorizar. Escolha uma das quatro partes a seguir para memorizar e usar nas suas orações esta semana. Salmo 37:4-6, ou 7-8, ou 18-19, ou 23-24.

## SALMO 38
### Clamor a Deus na adversidade

> Ó SENHOR Deus, não me abandones! Não te afastes de mim, meu Deus! Ajuda-me agora, ó Senhor, meu Salvador! (vv.21-22)

Deus disciplina aqueles a quem ama. Isso significa que às vezes Ele permite que experimentemos as consequências ao pecarmos. Leia o lamento de Davi nesse salmo. Qual é a esperança do salmista ainda que ele saiba que é um pecador? E, ao final, o que Davi decide seguir (v.20)?

## SALMO 39
### Confesse o seu pecado ao Senhor

**E agora, Senhor, o que posso esperar? A minha esperança está em ti. Livra-me de todos os meus pecados e não deixes que os tolos zombem de mim. (vv.7-8)**

Deus não espera que nos livremos do nosso pecado por conta própria. Depois de confessar, Davi pede ao Senhor que o ajude a se livrar do seu pecado no versículo 8. Como Jesus resolve o problema do pecado por você? Leia Romanos 5:6-9. Siga o exemplo de Davi. Confesse os seus pecados a Deus e então peça a Ele que o perdoe em Cristo Jesus.

## SALMO 40
### Compartilhe a sua História

**Esperei com paciência pela ajuda de Deus, o SENHOR. Ele me escutou e ouviu o meu pedido de socorro. Tirou-me de uma cova perigosa, de um poço de lama. Ele me pôs seguro em cima de uma rocha e firmou os meus passos. (vv.1-3)**

Davi inicia o Salmo 40 dizendo: "Esperei com paciência pela ajuda de Deus". O Senhor não responde as nossas orações no nosso tempo; Ele responde o nosso clamor no tempo dele. O que você está esperando? Como o Salmo 40 o encoraja a esperar?

## SALMO 41
### Declare as promessas de Deus

**Felizes são aqueles que ajudam os pobres, pois o SENHOR Deus os ajudará quando estiverem em dificuldades! O SENHOR os protegerá, guardará a vida deles e lhes dará felicidade na Terra Prometida. Ele não os abandonará nas garras dos inimigos. Quando estiverem doentes, de cama, o SENHOR os ajudará e lhes dará saúde novamente. (vv.1-3)**

As orações de Davi são conversas com Deus. Quando estava doente, ele orou ao Senhor por cura. Quando ele se sentia oprimido por seus inimigos, orou por livramento. Deus está pronto para ouvir a sua oração. O que tem acontecido em sua vida e que você poderia conversar com Deus a respeito hoje em suas orações?

Eu pedi a ajuda do SENHOR,

e ele me respondeu;
ele me livrou de todos os meus medos.

Salmo 34:4

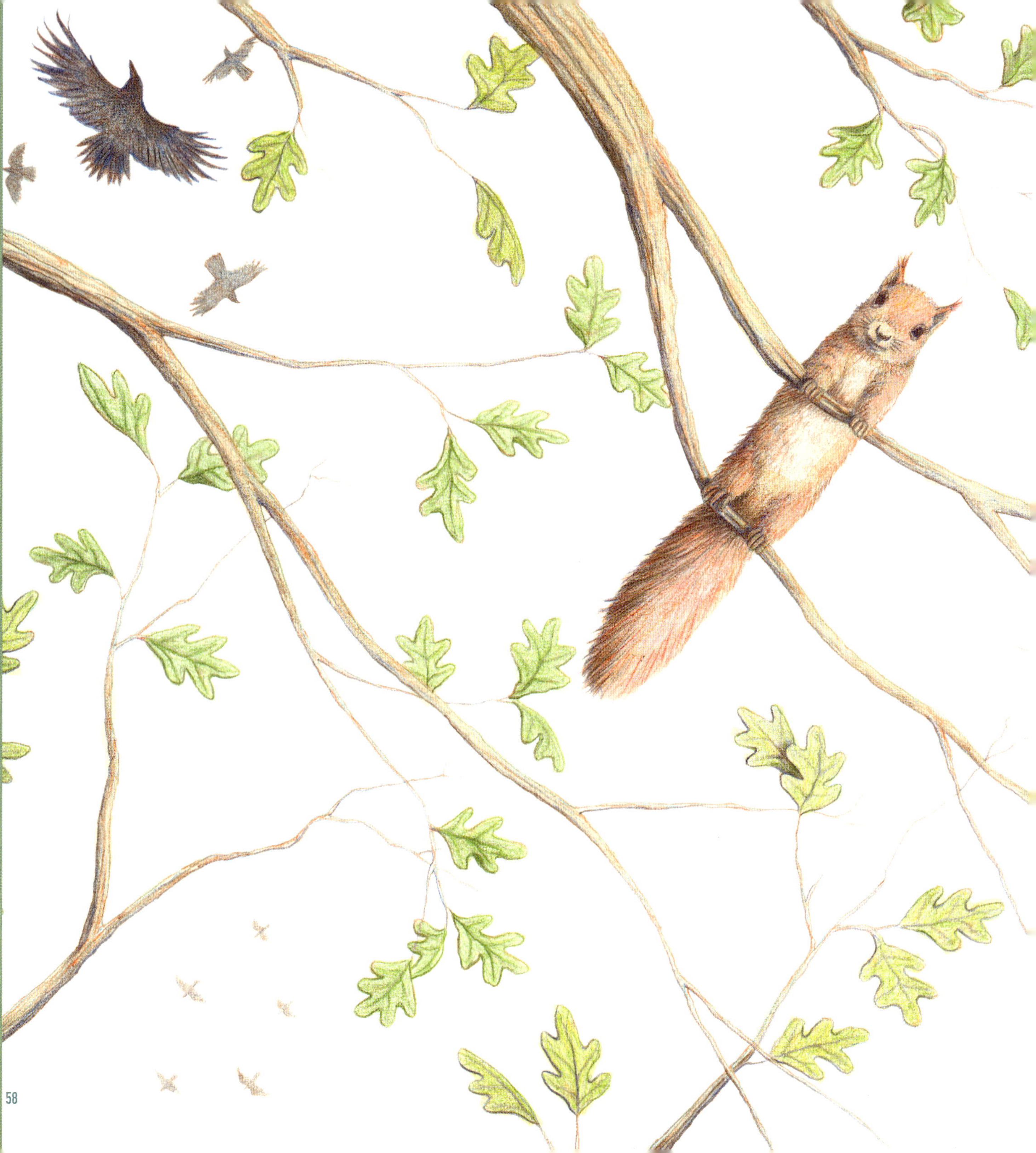

## Capítulo DOIS
# A história de Oliver

## O coração de Oliver é transformado

Um mês depois, vovô fechou o livro e disse:

—Bem, aqui termina o Livro 1. Nós já lemos 41 salmos!

—Acho que estou começando a entender o amor de Deus e como conversar com Ele pela oração. Além disso, estou aprendendo que, se eu tiver alegria no Senhor, Ele cumprirá os desejos do meu coração.

—Salmo 37:4 — vovô respondeu.

Oliver então observou o rosto do vovô. Hoje ele parecia mais velho, ou pelo menos mais cansado.

—Vovô, estou orando para que Deus cure o seu corpo. Esse é o desejo do meu coração. Eu tenho orado o Salmo 41:3 por você todos os dias desde a semana passada.

Oliver abraçou o vovô gentilmente e orou o versículo mais uma vez:

—*Quando estiverem doentes, de cama, o SENHOR os ajudará e lhes dará saúde novamente.*

Vovô podia ver os Salmos trabalhando no coração do seu neto. Os dois se assentaram em silêncio no tronco por vários minutos. Os galhos do velho carvalho balançavam acima deles. Então vovô disse:

—Oliver, minhas orações mudaram desde que eu fui diagnosticado com câncer pela primeira vez. No início, eu orava o Salmo 6, porque tinha medo e precisava da paz de Cristo. Mas agora eu oro o Salmo 16, porque confio na presença do Senhor. Sei que Ele me sustentará, não importa o que aconteça. Deixe-me lhe contar algo: você se lembra da história de Lázaro na Bíblia? — vovô perguntou.

—Hum, não me é estranha.

—Bem, Lázaro e suas irmãs, Maria e Marta, eram bons amigos de Jesus. Então, quando Lázaro ficou doente, elas pediram que Jesus fosse até eles. Elas queriam, desesperadamente, a ajuda dele para que Ele curasse Lázaro. Mas, em vez disso, Jesus levou vários dias para chegar, e, ao chegar, Lázaro já tinha morrido. Em João 11:21-26, quando Marta viu Jesus subindo a estrada, ela disse: "Se o senhor estivesse aqui, o meu irmão não teria morrido!". Jesus consolou Marta, dizendo que Lázaro ressuscitaria. Então Jesus disse a ela: "Eu sou a ressurreição e a vida. Quem crê em mim, ainda que morra, viverá; e quem vive e crê em mim nunca morrerá". Então Jesus ressuscitou Lázaro dos mortos.

Oliver perguntou:

—Por que Jesus não chegou mais cedo? Ele poderia ter curado Lázaro.

—Bem, Oliver, a cura física na Terra é temporária, não dura para sempre. Mas o perdão dos pecados por intermédio de Cristo é eterno. Se Deus curasse o meu câncer, seria apenas por um breve período. Quando Deus me chamar para o lar celestial, será para sempre. Por Jesus ter derrotado a morte e o pecado e ressuscitado dos mortos, eu também irei. Jesus é o autor da vida ressurreta, e isso é muito maior do que a cura física.

Oliver sabia de uma coisa com certeza:

—Eu quero estar lá com você, vovô. Eu quero viver para sempre com Deus. Eu acredito no que li nos Salmos. Acredito nas promessas dele.

Vovô podia sentir o Espírito Santo agindo no coração de Oliver. Ele perguntou:

—Você está pronto para abandonar seus pecados e confiar em Jesus?

—Sim, estou.

Sentados sobre o tronco, debaixo do grande carvalho, vovô fez com Oliver uma oração simples de confissão. Pela primeira vez, Oliver confessou seus pecados em voz alta: sua trapaça, seus enganos e lutas contra a tentação. Ao fazer isso, parecia que um peso saía bem dos seus ombros. Ele não teve apenas uma nova chance; pôde também começar do zero: ele foi plena e completamente perdoado!

Vovô e Oliver se abraçaram e sorriram. O avô disse:

—É uma alegria imensa saber que um dia você estará comigo no Céu!

Oliver sorriu. Novas lágrimas de alegria brotaram de seus olhos. O vovô se alegrou sabendo que Deus tinha ouvido e respondido suas orações. Depois de muitos minutos, ele disse:

—Podemos começar o Livro 2 amanhã, se você quiser!

—Com certeza! — Oliver respondeu.

Livro
Nº 2

# Salmos 42–72
## QUE AS NAÇÕES LOUVEM

# Sedento por Deus
## LEIA O SALMO 42

*Assim como o corço deseja as águas do ribeirão, assim também eu quero estar na tua presença, ó Deus! (v.1)*

Imagine que você está fazendo uma trilha com sua família em um dia quente de verão. Depois de andar quase a manhã toda, você está com muita sede. Ao rodear uma montanha, você vê um riacho de água limpa e fresca borbulhando de uma nascente e descendo sobre as pedras. Nesse momento, tudo o que deseja é essa água refrescante. Você quer tanto que não consegue pensar em nada mais.

O autor do Salmo 42 deseja algo também, mas não é água. Assim como um corço tem sede de água num dia quente, o salmista nos conta que está sedento por Deus. Na verdade, nada o satisfará a não ser investir seu tempo na presença do Senhor em Sua Casa — o Templo em Jerusalém. O problema é que ele está vivendo numa terra distante, que ficava muito longe do Templo de Deus.

Você já desejou ter um tempo com o Senhor? Tem um lugar especial onde pode se encontrar com Ele em oração, ou ler a Sua Palavra? Pode ser em qualquer lugar — somente você e Ele. Deus deseja que você queira ter tempo com Ele e que deseje isso acima de todas as outras coisas na vida — acima de amigos, brinquedos, até mesmo das férias escolares.

Separe alguns minutos agora para estar diante de Deus. Desligue todos os aparelhos e distrações e apenas permaneça em silêncio. Nesse momento precioso, peça a Deus que ajude o seu coração a ansiar por Ele.

Nessa semana, quando ficar com sede e quiser algo para beber, pense em Deus e o quanto você precisa dele, assim como você precisa de água. Passe tempo conversando com Ele a cada dia antes de começar suas atividades. Peça a Ele ajuda e força para enfrentar o dia.

# Olhando mais de perto

Os Salmos usam imagens ou palavras ilustrativas do mundo à nossa volta para nos ajudar a compreender Deus e a nós mesmos. Escreva algumas das palavras ilustrativas do Salmo 42. Como elas o ajudam a entender a si mesmo? De que maneira elas o ajudam a entender Deus?

# Esperança em Deus
## LEIA O SALMO 43

*Por que estou tão triste? Por que estou tão aflito? Eu porei a minha esperança em Deus e ainda o louvarei. Ele é o meu Salvador e o meu Deus. (v.5)*

Você se lembra de que os salmos são como livros de uma série, cada um conectado aos outros? O salmo de hoje é dessa forma. Ele continua a ideia do anterior: estar sedento por Deus. Ele até repete algumas palavras.

O autor do Salmo 43 tem sede de Deus porque se sente sozinho em sua fé. As pessoas à sua volta não amam a Deus. Em vez disso, zombam do salmista por causa da sua fé. É como se ele estivesse isolado numa ilha, bem longe de casa, cercado de grandes ondas. Onde ele poderá encontrar ajuda? O que ele pode fazer?

Você já se sentiu sozinho em sua fé? Talvez você seja o único que crê em Jesus, em sua família, ou na sua classe na escola, ou no time em que você joga. Quem sabe, zombaram de você ou foi mal entendido por seguir a Jesus. Não somente o autor do Salmo 43 entende, mas Jesus também. Ele também foi muitas vezes mal compreendido e rejeitado.

Como Jesus e o autor do salmo de hoje responderam à rejeição? Eles escolheram se voltar para Deus em oração e desejaram utilizar seu tempo conversando com Ele. Confiaram na Palavra de Deus e colocaram a sua esperança no Senhor, não nas palavras ou opiniões dos outros.

Poderá haver dias em que as pessoas o tratarão mal por causa da sua fé em Deus. Você pode ser tentado a confiar nas palavras delas em vez de nas palavras de Deus. Você pode se sentir confuso e triste. Quando isso acontecer, volte-se para o Senhor e lembre-se do que é verdadeiro. Reflita no que o Senhor diz nesse salmo como se ele fosse a sua canção favorita. Espere em Deus. Ele é a sua salvação, e você o louvará novamente.

## Olhando mais de perto

Compare os Salmos 42 e 43 e anote todas as palavras repetidas que você encontrar.

O reino que Deus lhe deu
vai
durar
para sempre.

Ó rei, o senhor governa
o seu povo com justiça...

Salmo 45:6

# Louvores de ações de graça
## LEIA OS SALMOS 44–49

Deus tem um plano especial para cada um de nós. A Bíblia diz que Deus preparou boas obras para que andássemos nelas mesmo antes de nascermos (Efésios 2:10). Há muito tempo, quando o Senhor poupou os filhos de Corá, Ele sabia que um dia eles escreveriam e cantariam lindas canções. Os salmos dos filhos de Corá são cheios de louvores de gratidão. Deus também os abençoou com um dom profético de maneira que alguns de seus cânticos, como o Salmo 45:6-7, apontam ao longo do tempo para Jesus. Podemos usar as palavras que o Espírito inspirou naqueles que as escreveram para guiar as nossas orações. Os Salmos são palavras de Deus que podemos dizer de volta para Ele. Nesses cânticos, Deus fala conosco, assim podemos dizer as Suas palavras de volta a Ele como nossas orações. Sempre que não tiver certeza do que orar, tente começar com um dos louvores dos filhos de Corá.

## SALMO 44
### Deus é Todo-poderoso

Ó Deus, nós ouvimos com os nossos próprios ouvidos aquilo que os nossos antepassados nos contaram. Ouvimos falar das grandes coisas que fizeste no tempo deles, há muitos anos. Eles contaram como expulsaste os povos pagãos e puseste o teu povo na terra deles. Contaram como castigaste as outras nações e fizeste o teu povo progredir. Não foi com espadas que os nossos antepassados conquistaram aquela terra; não foi com o seu próprio poder que eles venceram. Eles venceram com o teu poder, com a tua força e com a luz da tua presença. Assim tu mostraste o teu amor por eles. (vv.1-3)

Uma ótima maneira de edificar a nossa fé em Deus é lembrar do que Ele tem feito por nós e reunir esses pensamentos formando uma oração. Liste tudo o que Deus tem feito por você e use essa lista para louvá-lo e, dessa forma, aumentar a sua fé na obra dele em seu futuro.

## SALMO 45
### Deus é justo

O reino que Deus lhe deu vai durar para sempre. Ó rei, o senhor governa o seu povo com justiça, ama o bem e odeia o mal. Foi por isso que Deus, o seu Deus, o escolheu e deu mais felicidade ao senhor do que a qualquer outro rei. (vv.6-7 citado em Hebreus 1:8-9 para descrever Jesus)

Pense na eternidade; para todo o sempre sem fim, e permita que isso encha as suas orações de esperança e alegria. No lugar das nossas provações de agora, sabemos que aqueles que dão a sua vida por Jesus viverão com Ele para sempre numa nova Terra, livre de problemas.

## SALMO 46
### Deus é o nosso refúgio

**Deus é o nosso refúgio e a nossa força, socorro que não falta em tempos de aflição. Por isso, não teremos medo, ainda que a terra seja abalada, e as montanhas caiam nas profundezas do oceano. Não teremos medo, ainda que os mares se agitem e rujam, e os montes tremam violentamente. (vv.1-3)**

De que maneira a verdade contida nos dois primeiros versículos desse salmo o encorajam quando você enfrenta um momento difícil?

## SALMO 47
### Deus governa a Terra

**Cantem louvores a Deus. Cantem louvores ao nosso Rei. Louvem a Deus com canções, pois ele é o Rei do mundo inteiro! (vv.6-7)**

É importante lembrar que os Salmos são canções. Quando lemos um salmo que nos encoraja a cantar, devemos cantar! Você tem uma canção de adoração favorita que ama cantar para Deus? Caso tenha, cante-a em seu momento devocional. Se não tiver, pergunte a alguém qual é a favorita dessa pessoa.

## SALMO 48
### Deus é eterno

**Povo de Deus, ande em volta de Jerusalém e conte as suas torres! Olhem todos com atenção as suas muralhas e examinem as suas fortalezas. Assim vocês poderão dizer aos seus descendentes: "Este Deus é o nosso Deus para sempre. Ele nos guiará eternamente". (vv.12-14)**

O escritor do Salmo 48 está maravilhado com a grandiosidade da cidade de Jerusalém. Ele quer que todos saibam sobre Deus, até mesmo as crianças pequenas e aqueles que ainda nem nasceram. Se você tivesse um filho ou uma filha, o que você diria a eles do que Deus fez por você? Transforme sua resposta em uma oração de agradecimento ao Senhor.

## SALMO 49
### Somente Deus pode pagar o nosso resgate

**Mas ninguém pode salvar a si mesmo, nem pagar a Deus o preço da sua vida, pois não há dinheiro que pague a vida de alguém. Por mais dinheiro que uma pessoa tenha, isso não garante que ela nunca vá morrer, que ela vá viver para sempre. (vv.7-9)**

Um dia, todos nós estaremos diante de Deus e prestaremos contas da nossa vida. Jesus pagou a nossa dívida de pecado com a própria vida, assim todos os que confiam nele podem ser resgatados da morte certa. Você confia no Filho de Deus e no que Ele fez na cruz a fim de resgatar você (pagar a sua dívida) para que você pudesse viver com Ele no Céu?

Deus é nosso **refúgio** e nossa **força,** socorro que não falta em tempos de aflição.

Salmo 46

# Seu novo cântico
## LEIA O SALMO 50

**Que a gratidão de vocês seja o sacrifício que oferecem a Deus, e que vocês deem ao Deus Altíssimo tudo aquilo que prometeram! Se me chamarem no dia da aflição, eu os livrarei, e vocês me louvarão. (vv.14-15)**

Você já assistiu a um musical no qual a história é contada em música? Em vez de dizer as frases, os personagens as *cantam*! O Salmo 50 é assim. Quando Deus dava uma mensagem a homens como Davi e Asafe, eles geralmente escolhiam cantar para compartilhar a Palavra de Deus com as pessoas. Que forma singular de partilhar e ouvir a mensagem do Altíssimo!

Asafe escreveu as palavras e a música do salmo de hoje, e nele, compartilhou algo muito importante. Ele disse que Deus não se impressiona com boas obras ou comportamento aparente. Naquela época, o Senhor não queria que Israel fizesse sacrifícios a Ele apenas porque era o certo a se fazer. Deus queria que eles oferecessem sacrifícios movidos por seu amor a Ele. Veja, Deus se importa mais com o nosso coração — o que acontece em nosso íntimo.

E quanto a nós? Oramos, aprendemos versículos bíblicos, ou vamos à igreja somente porque é a coisa certa a se fazer, ou fazemos tudo isso porque amamos a Deus e queremos adorá-lo? Assim como desejava de Israel, o Senhor quer que nós o amemos de todo o nosso coração. Ele deseja que oremos e o adoremos por causa do Seu amor e pelo que Ele fez por nós. E a coisa mais maravilhosa que Deus fez foi enviar Seu único Filho Jesus para morrer em nosso lugar a fim de recebermos o Seu perdão. O Salmo 50 nos lembra de que o Senhor nos ama, e por isso, no dia da nossa angústia, Ele nos ajudará. Ele deseja que retribuamos esse amor, de todo o nosso coração.

## Olhando mais de perto

Escreva uma oração usando o Salmo 50 como guia.
Veja uma sugestão: "Ajuda-me a viver uma vida de amor,
e não de buscar aprovação. Amém".

## Olhando mais de perto

Aqui temos outros versículos bíblicos para consultar que lembrarão você de que, por causa de Jesus, Deus removerá seus pecados: Mateus 26:28; Lucas 24:46-47; Atos 2:38; Colossenses 1:13-15; 1 João 1:9. Qual deles é o seu favorito?

# Como pedir perdão a Deus (Parte 2)
## LEIA O SALMO 51

> Por causa do teu amor, ó Deus,
>     tem misericórdia de mim.
> Por causa da tua grande compaixão
>     apaga os meus pecados. (v.1)

Alguma vez você foi pego fazendo algo que não deveria? Como você reagiu? Você ficou envergonhado ou com raiva? Ficou dando desculpas? Nesse salmo, Davi é pego no pecado e precisa decidir o que fazer.

Certo dia, Davi ouve uma batida em sua porta. É o profeta Natã que foi confrontá-lo, conhecendo todos os pecados secretos de Davi. Natã sabe que o rei queria se casar com uma mulher que já era casada e que, por isso, preparou um plano para que o marido dela fosse morto. Em seguida, Davi se casou com ela.

Davi viu que o que tinha feito era errado e confessou: "— Eu pequei contra Deus, o SENHOR" (2 Samuel 12:13), disse a Natã.

O Salmo 51 é a confissão de Davi em forma de canção. Quando você é pego no pecado, pode usar essa oração para saber como pedir perdão a Deus.

Davi não deu desculpas, ele sabia que tinha pecado contra o Senhor — vemos isso nos versículos 3 e 4. O rei também sabia que Deus podia remover o seu pecado (vv.1-2,7,10). Ele humilhou a si mesmo ao compartilhar sua confissão com todo o povo de Israel por meio dessa canção. Davi esperava que pudéssemos aprender com o seu erro (v.13). Sempre que pecarmos, podemos seguir a oração de Davi, admitir nosso erro e pedir a Deus que nos perdoe. Tarefa para todos os dias!

Hoje sabemos até mais sobre o perdão dos pecados do que Davi sabia. Sabemos com certeza que Deus nos perdoará porque Jesus pagou pelos nossos pecados ao morrer na cruz. Quando você diz a Deus que lamenta pelos seus pecados (se arrepende) e que confia em Jesus, pode ter certeza de que é perdoado pelo Senhor. Dos seus pecados Ele se esquece. Você tem algum pecado para confessar a Deus hoje? No que você precisa de perdão? Deus o convida para andar na luz, assim como Davi.

# O que fazer quanto aos seus inimigos
## LEIA O SALMO 52

**Homem poderoso, por que você se gaba da sua maldade?
O amor de Deus dura para sempre. (v.1)**

Alguém já se voltou *contra* você? Talvez alguém esteja sendo mau com você no *playground*, na escola, ou em sua vizinhança. Quando isso acontece, você é tentado a reagir ou ser mau também? O rei Saul se voltou contra Davi e lutou para derrotá-lo, mas Davi não revidou. Ele confiou em Deus para defendê-lo de seus inimigos. É sobre isso que fala o Salmo 52.

Existe uma história por trás do Salmo 52: Saul e seu seguidor, chamado Doegue, o edomita, se voltam contra Davi e matam seus amigos, os sacerdotes. Mesmo assim, Davi ainda confia no Senhor, pois sabe que Saul é o rei ungido de Deus. Ele também sabe que apenas Deus pode vencer a batalha contra o mal. Davi sabe que o Senhor julgará Doegue por seus erros. Portanto, o Salmo 52 é uma canção de julgamento contra Doegue pelos pecados que ele cometeu.

Deus nos deu o Salmo 52 para nos ensinar que podemos confiar nele para punir o mal. Também é um aviso para que tenhamos a certeza de tratar os outros com bondade. Precisamos ter em mente que Deus é santo e que julgará e punirá o pecado. Mas, se pecarmos, devemos também nos lembrar que Jesus morreu na cruz pelos pecados de todos que colocarem sua confiança nele. Podemos ser perdoados se abandonarmos o nosso erro e crermos que Jesus morreu em nosso lugar.

Hoje, fale com seus pais ou uma pessoa sobre uma situação difícil que você tem lidado. Alguém já fez *bullying* ou se voltou contra você? Ou você já foi mal-educado com alguém? Fale com seus pais sobre como responder em amor e, também, sobre como é confiar em Deus como Davi confiou.

## Olhando mais de perto

Jesus nos manda amar os nossos inimigos (Lucas 6:27). Isso não é estranho? Mas foi exatamente isso que o Filho de Deus fez quando deu a Sua vida pelo Seu povo. A Bíblia nos conta que Jesus não morreu por Seus amigos, mas sim para que Seus inimigos pudessem se tornar amigos (Romanos 5:8-10). Ora, essas são boas notícias! Peça a Deus para ajudá-lo a amar seus inimigos como Jesus fez.

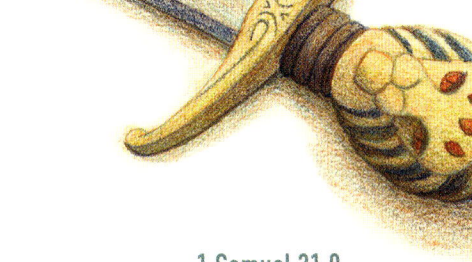

1 Samuel 21:9

# Um salmo gêmeo para as nações
## LEIA O SALMO 53

**Queira Deus que de Jerusalém
venha a vitória para Israel! (v.6)**

Alguma vez você conheceu gêmeos idênticos? Pode ser bem difícil diferenciá-los porque eles parecem muito um com o outro. O Salmo 53 tem um salmo gêmeo: o Salmo 14. Os dois são praticamente o mesmo. Compare o início do versículo 2 dos dois capítulos. Você consegue encontrar a diferença?

"O SENHOR olha dos céus para toda a humanidade..." (Salmo 14:2 NVT).

"Deus olha dos céus para toda a humanidade..." (Salmo 53:2 NVT).

O Salmo 53 muda as palavras "O SENHOR" para "Deus", e existe uma razão interessante para isso. "O SENHOR" em versalete no Salmo 14 significa *Yahweh*, o nome do Deus da aliança para com Israel. A palavra "Deus" no Salmo 53 é a palavra hebraica *Elohim*. O povo de Deus usava essa palavra para descrever Deus para todas as nações da Terra. O Salmo 14 foi escrito para o povo de Deus. O Salmo 53 fala a mesma mensagem para as pessoas de todas as nações. Deus queria que as pessoas de todo o mundo soubessem que Ele é o Deus delas também! Isso é parte de um padrão maior do Livro 2 dos Salmos. *Yahweh* (O SENHOR) é utilizado mais no Livro 1. *Elohim* é usado mais no Livro 2. Se o Livro 1 dos Salmos é mais um livro de canções que fala a Israel, o Livro 2 é um livro de canções que conta às pessoas de todas as nações que o Deus de Israel também é o Deus delas! A salvação virá de Israel, mas ela será para todos os que creem em Jesus. Mais da metade dos salmos do Livro 2 falam sobre as "nações" e "povos" da Terra e convidam as pessoas de toda tribo, língua e nação a obedecerem a Deus e louvarem ao Senhor.

## Olhando mais de perto

Leia o Salmo 14 e o Salmo 53 juntos novamente.
Quais outras diferenças você vê?

Salmo 58:4

# As vitórias do rei Davi
## LEIA OS SALMOS 54–60

Os Salmos 54–60 descrevem sete dos inimigos de Davi e como ele clama por Deus. Davi sabe que não pode combatê-los sozinho; ele precisa da ajuda do Senhor. Mesmo jovens ou idosos, precisamos que o Altíssimo nos proteja e ajude quando coisas difíceis acontecem. Pode ser que tenhamos que lidar com doença, problemas com familiares e amigos, e podemos ter também alguns inimigos. Quando nos deparamos com as lutas da vida, podemos nos voltar para esses salmos em busca de consolo e encontrar nossa esperança em Deus, assim como fez Davi.

Cada uma dessas canções termina declarando a vitória de Deus sobre os inimigos de Davi. Embora ele estivesse com medo, confiava que o Senhor o salvaria. Pela história, sabemos que Deus respondeu às orações do salmista. Sempre que você precisar que Deus o socorra na dificuldade, você pode orar um desses salmos crendo que Deus também o livrará em seus tempos difíceis.

### SALMO 54
**Deus protegeu Davi de Saul**

Leia a história em
1 Samuel 23:14-20

O louvor da vitória de Davi:
**Ó SENHOR Deus, de boa vontade eu te oferecerei sacrifícios e te louvarei porque és bom. Tu me livraste de todas as minhas aflições, e eu tenho visto a derrota dos meus inimigos. (vv.6-7)**

Faça uma lista de pelo menos cinco coisas que Deus fez por você na semana passada e ofereça uma oração de agradecimento a Ele por todos os tópicos nessa lista.

## SALMO 55
### A rebelião de Absalão, filho de Davi

Leia a história em
2 Samuel 16:20—17:4

O louvor da vitória de Davi:
Mas, quanto àqueles assassinos e traidores, tu, ó Deus, os jogarás no fundo do mundo dos mortos; eles não chegarão até a metade da sua vida. Eu, porém, confiarei em ti. (v.23)

Davi começa esse salmo pedindo a Deus que ouça sua oração. Ele sabe que o Senhor ouve o nosso clamor, mas, de alguma forma, dizer isso o ajuda (e a nós também) a crer. Comece a sua oração hoje com o primeiro versículo do Salmo 55 e então acrescente os seus pedidos sabendo que Deus ouve as suas orações.

## SALMO 56
### Davi escapa do rei Aquis

Leia a história em
1 Samuel 21:10—22:1

O louvor da vitória de Davi:
...porque me salvaste da morte e não deixaste que eu fosse derrotado. Assim, ó Deus, eu ando na tua presença, eu ando na luz da vida. (v.13)

Quando Davi teve medo, colocou sua confiança em Deus. Que tal enumerar seus medos e então usar os versículos 3 e 4 como uma declaração da sua fé no Senhor? Ore e peça a Deus para proteger você e mantê-lo a salvo dos seus inimigos e de tudo o que você tem medo.

## SALMO 57
### Davi poupou o rei

Leia a história em
1 Samuel 24:1-7

O louvor da vitória de Davi:
Os meus inimigos armaram uma armadilha para me pegar, e eu fiquei muito aflito. Fizeram uma cova no meu caminho, mas eles mesmos caíram nela [...] Ó Deus, mostra a tua grandeza nos céus, e que a tua glória brilhe no mundo inteiro! (vv.6,11)

Davi uniu oração e louvor ao longo desse salmo. Tire algum tempo hoje para adicionar louvor às suas orações. Peça a Deus o que você precisa, mas também louve ao Senhor por quem Ele é e pelas coisas maravilhosas que Ele tem feito.

## SALMO 58
### As mentiras de Absalão

Leia a história em
2 Samuel 15:1-6

*O louvor da vitória de Davi:*
**E as pessoas dirão: "De fato, os bons são recompensados. Realmente existe um Deus que julga o mundo". (v.11)**

Em vez de se vingar de seus inimigos, Davi clamava a Deus para livrá-lo e julgar aqueles que se levantavam contra ele. Peça ao Senhor que livre você dos seus inimigos e confie sua vida ao Seu cuidado e proteção.

## SALMO 59
### Mical ajuda Davi a escapar

Leia a história em
1 Samuel 19:11-18

*O louvor da vitória de Davi:*
**Mas eu cantarei louvores à tua força; de manhã louvarei a tua fidelidade, pois tu és o meu alto refúgio, abrigo seguro nos tempos difíceis. Ó minha força, canto louvores a ti; tu és, ó Deus, o meu alto refúgio, o Deus que me ama. (vv.16-17)**

Depois que Davi expressa suas preocupações e clama pela ajuda do Senhor, ele retorna às palavras cheias de fé ao final desse salmo e novamente consagra sua vida a Deus. Compartilhe seus pedidos com o Senhor e, então, conclua seu momento de oração dedicando mais uma vez sua vida a Ele.

## SALMO 60
### As vitórias de Davi

Leia a história em
2 Samuel 8:1-14

*O louvor da vitória de Davi:*
**Com Deus do nosso lado, venceremos; ele derrotará os nossos inimigos. (v.12)**

Quando pecamos e abandonamos a Deus como Israel fez, o Senhor geralmente permite e usa as más consequências para nos ajudar a voltar a Ele. Quais consequências ruins você tem experimentado em sua vida por ter pecado contra Deus? Como elas o fazem voltar para o Senhor?

Salmo 68:1–3

# Como a fé ora
## LEIA OS SALMOS 61–68

Os Salmos 54 a 60 nos lembram de como Deus livrou Davi de seus inimigos. Já nos Salmos 61 a 68, vemos Davi expressar sua fé no Senhor. Eles mostram como também podemos confiar em Deus em meio às provações. Quando você estiver com dificuldades e a sua fé for pequena, leia novamente sobre as batalhas de Davi contra seus inimigos no Salmo 54 ao 60 e então permita que essas palavras cheias de fé fortaleçam a sua confiança em Deus e direcionem suas orações.

### SALMO 61
#### Confie em Deus como o seu refúgio

Ó Deus, ouve o meu grito de angústia! Escuta a minha oração. No meu desespero, longe do meu lar, eu te chamo pedindo ajuda. Põe-me em segurança numa rocha bem alta, pois tu és o meu protetor, o meu forte defensor contra os meus inimigos. Eu te peço que me deixes viver no teu Templo toda a minha vida, para ficar protegido debaixo das tuas asas. (vv.1-4)

Os Salmos com frequência nos lembram que podemos encontrar segurança na adversidade ao confiar em Deus. Como Davi se sente nesse salmo? O que ele lembra sobre o Senhor que o ajuda? O que ele pede a Deus?

### SALMO 62
#### Confie em Deus para a sua salvação

Somente em Deus eu encontro paz e nele ponho a minha esperança. Somente ele é a rocha que me salva; ele é o meu protetor, e eu não serei abalado. A minha salvação e a minha honra dependem de Deus; ele é a minha rocha poderosa e o meu abrigo. Confie sempre em Deus, meu povo! Abram o coração para Deus, pois ele é o nosso refúgio. (vv.5-8)

Davi chama Deus de sua rocha e fortaleza. De que maneiras você precisa que Ele seja uma rocha e fortaleza para você? Use sua resposta para criar uma oração a fim de pedir a ajuda do alto.

## SALMO 63
### Confie no firme amor de Deus

Ó Deus, tu és o meu Deus; procuro estar na tua presença. Todo o meu ser deseja estar contigo; eu tenho sede de ti como uma terra cansada, seca e sem água. Quero ver-te no Templo; quero ver como és poderoso e glorioso. O teu amor é melhor do que a própria vida, e por isso eu te louvarei. Enquanto viver, falarei da tua bondade e levantarei as mãos a ti em oração. (vv.1-4)

Quando as coisas vão bem, é fácil ignorar Deus. Por isso, uma razão pela qual o Senhor permite as provações é nos lembrar do quanto precisamos dele. Quando você sentir como se estivesse numa terra seca e sedenta, ore com Davi. Você se lembrará de que o amor de Deus é melhor do que a vida.

## SALMO 64
### Confie em Deus para proteger você

Ouve-me, ó Deus, quando faço a minha queixa; protege a minha vida do inimigo ameaçador. Defende-me da conspiração dos ímpios e da ruidosa multidão de malfeitores. (vv.1-2 NVI)

Como você pode aplicar em sua vida a oração de Davi pela proteção de Deus? Você tem algum inimigo de quem você precisa que o Senhor o livre? Lembre-se de que o mundo à nossa volta, nossos próprios desejos egoístas e o diabo são inimigos comuns a todos nós. Como Davi, podemos orar pela proteção de Deus. Não se esqueça de que Jesus derrotou todos esses inimigos quando Ele morreu na cruz e ressuscitou.

## SALMO 65
### Lembre-se do poder de Deus

Tu nos respondes com temíveis feitos de justiça, ó Deus, nosso Salvador, esperança de todos os confins da terra e dos mais distantes mares. Tu que firmaste os montes pela tua força, pelo teu grande poder. Tu que acalmas o bramido dos mares, o bramido de suas ondas, e o tumulto das nações. Tremem os habitantes das terras distantes diante das tuas maravilhas; do nascente ao poente despertas canções de alegria. (vv.5-8 NVI)

Quando você estiver preocupado, assim como Davi, lembre-se de que Deus é Todo-poderoso. Se Ele pôde criar o mundo e tudo o que nele existe com poucos comandos simples, então Ele pode nos ajudar com nossos problemas. Toda a Terra está maravilhada com o que o Senhor pode fazer. Podemos entregar nossos problemas a um Deus tão poderoso!

## SALMO 66
### Louve ao Senhor

Que todos os povos louvem a Deus com gritos de alegria! Cantem hinos de louvor a ele; ofereçam a ele louvores gloriosos. Digam isto a Deus: "Como são espantosas as coisas que fazes! O teu poder é tão grande, que os teus inimigos ficam com medo e se curvam diante de ti. O mundo inteiro te adora e canta louvores a ti; todos cantam hinos em tua honra". (vv.1-4)

A Bíblia convoca toda a Terra para louvar a Deus. Isso significa que você não precisa ser cristão para louvar a Deus. Uma vez que todos podem ver o quão maravilhosa é a obra de Deus na criação, todos deveriam louvá-lo. Então, olhe à sua volta e veja as maravilhas que Ele fez e louve-o!

## SALMO 67
### Peça a bênção de Deus

Ó Deus, tem misericórdia de nós e abençoa-nos! Trata-nos com bondade. Assim o mundo inteiro conhecerá a tua vontade, e a tua salvação será conhecida por todos os povos. Que os povos te louvem, ó Deus! Que todos os povos te louvem! (vv.1-3)

O Salmo 67 é a bênção do sumo sacerdote Arão em Números 6:22-27 transformada em canção. Ela é feita para ser orada em favor do povo de Deus e cantada por ele. Use essa bênção em suas orações essa semana por sua família e pela Igreja em toda a Terra.

## SALMO 68
### Confie em Deus para julgar o mal

Deus se levanta e espalha os seus inimigos; os que o odeiam são derrotados e fogem da sua presença. Ele os espalha como a fumaça que desaparece no ar. Os maus se acabam na presença de Deus como a cera se derrete perto do fogo. Mas os bons ficam contentes e felizes na sua presença e, cheios de alegria, cantam hinos. (vv.1-3)

Deus sempre vence no final. Embora o mal, as lutas e o sofrimento sejam comuns, um dia Deus os destruirá para sempre (Isaías 25:8; Apocalipse 21:4). De que forma esse conhecimento fortalece a sua fé para orar como Davi para que Deus nos livre do mal?

# O sofrimento do nosso Salvador
## LEIA OS SALMOS 69–71

Mateus 27:29

Você sabia que os Salmos podem ensiná-lo o que dizer a Deus quando você estiver triste? Os salmos que fazem isso são chamados de lamentos. Um lamento é um choro em voz alta de tristeza e pesar. Você já fez isso? Os Salmos 69, 70 e 71 são todos lamentos do rei Davi, que escreveu essas canções sobre a sua vida; no entanto, esses salmos também apontam para Cristo. Jesus citou o Salmo 69:4 dizendo que essa é uma palavra profética que Ele cumpriu (João 15:25). Outros versículos no Salmo 69 são citados por João (João 19:28-29), Lucas (Lucas 23:36) e Paulo (Romanos 15:3) no Novo Testamento para descrever o sofrimento de Jesus. Os Salmos 70 e 71 também apontam adiante para o Filho de Deus e o Seu sofrimento. Ao ler esses salmos, perceba como se conectam a Jesus e como também estão ligados aos seus problemas.

## SALMO 69

**Aqueles que, sem motivo, me odeiam são mais numerosos do que os cabelos da minha cabeça. Os meus inimigos contam mentiras a respeito de mim; eles são fortes e querem me matar. Eles me forçam a devolver o que não roubei. (v.4)**

### Conecte isso a Jesus:

Jesus citou essas palavras para descrever a si mesmo em João 15:25.

**Sou como um estranho para os meus irmãos, sou como um desconhecido para a minha família. (v.8)**

### Conecte isso a Jesus:

João 1:11 descreve Jesus da mesma forma.

**O meu amor pelo teu Templo queima dentro de mim como fogo; as ofensas daqueles que te insultam caem sobre mim. (v.9)**

### Conecte isso a Jesus:

Os discípulos lembraram as palavras do Salmo 69:9 quando Jesus virou as mesas dos cambistas no Templo (João 2:17).

**Quando estava com fome, eles me deram veneno; quando estava com sede, me ofereceram vinagre. (v.21)**

### Conecte isso a Jesus:

Os soldados ofereceram vinagre a Jesus (João 19:29) e vinho misturado a um veneno chamado fel (Mateus 27:34).

### Conecte isso a Jesus:

Separe um tempo para agradecer a Deus pela maneira como os Salmos apontam para Jesus e nos encorajam com as profecias que foram escritas eras antes do nascimento de Cristo. De que maneira saber que o Senhor está no controle de todas as coisas fortalece você? Então leia novamente o Salmo 69 com os problemas que estão em sua mente. De que formas Davi descreve para Deus como ele se sente? O que Davi pede que o Senhor faça? Você pode orar dessa mesma forma quando estiver passando por dificuldades.

### SALMO 70

**Fiquem envergonhados e confundidos os que procuram a minha alma; tornem atrás e confundam-se os que me desejam mal. Voltem as costas cobertos de vergonha os que dizem: Ah! Ah! (vv.2-3 ARC)**

#### Conecte isso a Jesus:

As pessoas que zombaram de Jesus na cruz usaram a palavra "Ah!" para ZOMBAR dele (Marcos 15:29 ARA).

#### Conecte isso a Jesus:

Jesus não recebeu qualquer ajuda quando clamou ao Pai (Mateus 27:36). Deus Pai abandonou Seu Filho e o puniu pelo nosso pecado. Mas, então, algo surpreendente aconteceu. A morte não pôde deter o Filho perfeito de Deus. Jesus ressuscitou dos mortos e agora vive para sempre! Releia o Salmo 70 e pense em Jesus nos versículos de 1 a 3, mas lembre-se de que hoje nós podemos nos alegrar com Cristo, pois Ele está vivo, governando o Universo com todo o poder. Na cruz, Jesus derrotou nossos maiores inimigos — o pecado, a morte e Satanás. Agora você pode ter certeza de que os versículos 4 e 5 serão reais para você e para todos os que confiam em Jesus Cristo. Faça deles a sua própria oração a Deus.

## SALMO 71

Os meus inimigos querem me matar; eles falam contra mim e planejam a minha morte. Eles dizem: "Deus o abandonou; vamos persegui-lo e agarrá-lo, pois ninguém o salvará". (vv.10-11)

### Conecte isso a Jesus:

Alguns zombaram de Jesus dizendo: "Ele confiou em Deus e disse que era Filho de Deus. Vamos ver se Deus quer salvá-lo agora! E até os ladrões que foram crucificados com Jesus também o insultavam". (Mateus 27:43-44)

### Conecte isso a Jesus:

Nesse salmo, Davi pede a Deus: "sê a minha rocha de abrigo e uma fortaleza para me proteger! Tu és a minha rocha e a minha fortaleza" (v.3). Quando estiver com problemas, você pode se lembrar de quem é Deus e de como Ele protegerá e ajudará você. É assim que se ora pela fé no Senhor em meio às aflições. Os Salmos são repletos de orações cheias de fé. Peça a Jesus que lhe dê fé para que você possa confiar nele assim como os escritores dos Salmos.

# O Rei perfeito
## LEIA O SALMO 72

*Ó Deus, ensina o rei a julgar de acordo com a tua justiça! Dá-lhe a tua justiça. (v.1)*

Davi está próximo do fim de seus dias e em breve encontrará Jesus face a face. Ao recordar o seu tempo como rei, ele também olha para o futuro, para o seu filho, Salomão, assumindo seu lugar. O Salmo 72 é a oração de Davi por esse filho.

Olhando para trás, podemos ver como Deus respondeu as orações de Davi, que orou para que seu filho governasse de mar a mar. Salomão governou toda a nação, e os reis vizinhos se prostraram diante dele e lhe deram presentes de ouro — do jeito que Davi orou.

Salomão começou como um rei bom e sábio, mas cometeu alguns erros insensatos. Ele se afastou de Deus. No final, amou o que ele tinha neste mundo — suas esposas, seus bens e seu ouro — mais do que a Deus. Porém existe um Rei perfeito que não se afastou nem cometeu os erros que Salomão cometeu. Jesus é esse Rei perfeito! Ele sempre obedeceu ao Seu Pai e nunca se voltou para o mal. Ele veio para derrotar o pecado, a morte e Satanás. Jesus governa toda a Terra, e em breve todo joelho se dobrará diante dele e todos saberão que Ele é Deus. Ele é imbatível e inigualável. Não há ninguém como Jesus!

Pense no dia em que Jesus reinará na Terra como o Rei dos reis. Imagine como será. Você está animado? Por que você é agradecido por um Rei como Jesus?

## Olhando mais de perto

Releia o Salmo 72 e preste bastante atenção ao que ele destaca como características de um bom rei. Então, escreva uma oração, agradecendo a Jesus por ser tudo isso por nós. Ele é o Rei perfeito e eterno.

Capítulo TRÊS

# A história de Oliver

# Oliver lê para o vovô

Os galhos cheios de folhas e a densa sombra do velho carvalho não davam conta do calor característico da estação. Vovô pegou o lenço e secou o rosto.

—Amanhã começaremos o Livro 3.

—Obrigado por se encontrar comigo todos os dias, vovô. Não tinha ideia do quanto eu aprenderia sobre Jesus no livro de Salmos.

—Um dia nós cantaremos essas canções no Céu, juntamente com os anjos! — vovô secou a sobrancelha e suspirou.

—É difícil para você caminhar até aqui no carvalho? —Oliver perguntou. Ao longo das últimas semanas, a aparência do vovô tinha mudado. Ele estava mais magro, e seu rosto estava marcado com mais rugas. Ele parecia cansado.

—Vou ficar bem. Eu só ando mais devagar no calor. — Vovô parou e então continuou — Logo as folhas vão mudar e as nozes cair. Eu me lembro de ler as mesmas histórias para o seu pai em meio às folhas caídas.

—Você leu essas histórias para o meu pai?

—Sim, li para o seu pai debaixo dessas mesmas árvores. Ele planejava ler esse livro para você esse verão e pediu que eu o enviasse para o seu aniversário, mas Deus tinha um plano diferente. Quando seu pai perguntou se a família de vocês poderia morar comigo, eu disse que sim com uma condição: que eu mesmo pudesse ler o livro com você. Oliver, sei que as coisas não estavam indo bem para você e orei para que o Senhor me concedesse este último pedido: compartilhar Suas maravilhosas palavras com o meu neto. Sempre soube que você ama ler, mas não tinha certeza se você ficaria interessado em lermos juntos. Mas eu levei esse problema ao Senhor, e Ele respondeu.

Oliver abraçou o avô e orou silenciosamente:

—Deus, me ajude a passar as Suas palavras aos outros, assim como o vovô fez comigo.

—Tive uma ideia, Oliver. — disse o vovô ajeitando a posição em que estava, que era o sinal de que era hora de voltar para casa — Amanhã, quero que você comece a ler para mim. Isso lhe dará a prática de que você precisa quando compartilhar essa mensagem com outras pessoas.

Era como se vovô lesse a mente dele.

—É claro, vovô — Oliver respondeu. Ele ficou em pé, ofereceu a mão ao avô e o ajudou a se levantar.

# Livro Nº 3

# Salmos 73–89

AS CANÇÕES DE ASAFE

# Deus é tudo o que eu preciso
## LEIA O SALMO 73

**Porém, quando vi que tudo ia bem para os orgulhosos e os maus, quase perdi a confiança em Deus porque fiquei com inveja deles. (vv.2-3)**

Você já viu um amigo com um brinquedo, jogo, ou aparelho legal e desejou ter um também? Quando as outras pessoas têm coisas que nós não temos, isso pode causar em nós um sentimento de tristeza com a nossa vida. Podemos até questionar a Deus e nos perguntar se Ele é realmente bom.

Foi o que aconteceu a Asafe, e ele nos conta sua experiência no Salmo 73 para nos ajudar a ver que o Senhor é tudo que precisamos. Asafe viu as riquezas das pessoas que não amavam o Senhor, e seu coração se tornou amargo em relação a Ele. O salmista ficou com raiva por Deus não ter dado a ele a mesma riqueza e bênçãos que ele via com os outros.

Mas o Espírito Santo ajudou Asafe a ver que Deus era tudo o que ele precisava. Vemos isso no final desse salmo quando Asafe nos diz que não há nada mais que ele deseje do que o Senhor. Pense nisso. Deus cuida de nós e nos guia dia a dia. Ele nos dá tudo o que precisamos como comida, bebida, roupas para vestir e mantém o nosso coração batendo por si só. As coisas terrenas pelas quais ansiamos um dia deixarão de existir. Mas Deus, o melhor tesouro de todos, estará eternamente com aqueles que o amam.

Sempre que nos sentirmos tristes porque alguém tem algo que não temos, podemos nos lembrar do que Asafe disse sobre Deus: Ele é tudo que precisamos. "Ainda que a minha mente e o meu corpo enfraqueçam, Deus é a minha força, ele é tudo o que sempre preciso" (v.26).

## Olhando mais de perto

Leia novamente os versos 23-28. Agora reescreva-os como sua oração para se lembrar de todas as coisas que Deus faz por você e que jamais podem ser anuladas.

# Lembre-se
## LEIA O SALMO 74

**Mas tu, ó Deus, tens sido o nosso Rei desde o princípio e nos salvaste muitas vezes. (v.12)**

Algum bom amigo seu já se mudou? Vocês prometem ser amigos para sempre, mas com o passar do tempo, já não estão tão próximos como costumavam ser. Às vezes, você precisa se lembrar de como ele ou ela era. Quanto mais o tempo passa, mais difícil se torna.

No salmo de hoje, os israelitas estavam tentando se lembrar de Deus. Fazia tempo que eles não o viam, e Ele parecia distante. O povo não recebia mais sinais dele, e todos os profetas haviam se mudado para outras cidades.

Quando os israelitas se recusaram a se arrepender do seu pecado, foram destruídos por outra nação, chamada Babilônia. Como consequência, perderam o Templo e todos os seus pertences. Agora, tentavam se lembrar de tudo o que tinha acontecido e buscavam ajuda em Deus. Eles estavam procurando pelo Senhor e esperavam encontrá-lo. Eles clamaram: "Por favor, não se esqueça de nós! Lembre-se de que somos o Seu povo escolhido. Por favor, ajude-nos!".

Os israelitas tinham esperança porque se lembraram do poder de Deus — sabiam que Ele é o único Deus que pode salvar. Ele os escolheu e os resgatou da escravidão e abriu o mar Vermelho para que pudessem escapar do exército egípcio. O Senhor lhes deu sinais e milagres. Eles viram o Seu poder e sabiam o que Ele pode fazer. Então, escolheram se lembrar dele e depender do Seu livramento.

Nós também precisamos nos lembrar da fidelidade de Deus conosco. De que maneiras Ele já o ajudou? Relembre a sua fidelidade e confie que Ele será o seu Ajudador novamente.

# Olhando mais de perto

Faça uma lista de todas as coisas que os israelitas se lembraram sobre a fidelidade e o socorro de Deus (começando no versículo 12). Então liste algumas das maneiras com que Deus ajudou você e as pessoas que você conhece. Se não conseguir se lembrar de nada, peça ajuda aos seus pais.

# O Rei de todos os reis
## LEIA OS SALMOS 75–77

Embora os Salmos 74 e 79 falem da destruição da cidade de Deus, os três salmos entre eles (75–77) nos lembram de que o Senhor está no controle. Esses capítulos descrevem o governo e poder divino sobre os reis da Terra. A Bíblia nos fala que Deus é rei sobre a história e que todas as coisas seguem o Seu plano (2 Crônicas 20:6, Efésios 1:11). Até mesmo as más ações são usadas pelo Senhor para o bem. Deus nos conta por intermédio dos profetas que Ele usou os babilônios para julgar o pecado do Seu povo (Habacuque 1:5-6). Uma vez que Deus está no controle, não precisamos nos preocupar em meio à adversidade, mesmo quando o nosso inimigo nos atacar.

Nós aprendemos com Davi no Salmo 22 que o reino pertence ao Senhor, e que Ele governa sobre as nações (Salmo 22:28). Salomão ensina: "Para o SENHOR Deus, controlar a mente de um rei é tão fácil como dirigir a correnteza de um rio" (Provérbios 21:1).

O Salmo 75 nos lembra de que é Deus quem levanta um governante e derruba o outro. O Salmo 76 nos conta que o Senhor governa com julgamento sobre os reis da Terra. O escritor do Salmo 77 nos chama a orar, clamar a Deus, a lembrar de Seus poderosos feitos e a meditar neles. Podemos saber que o nosso Pai celestial está conosco em meio às lutas, mesmo quando Ele não parece próximo.

## SALMO 75
### Deus governa sobre tudo

**Ainda que a terra trema, e todos os seus moradores estremeçam, eu manterei firmes as suas bases. (v.3)**

O Salmo 75 nos ensina sobre o controle e poder de Deus sobre todas as coisas. Quais versículos nesse salmo o encorajam mais? Você conhece alguém que poderia sentir o mesmo se você compartilhasse esse salmo?

## SALMO 76
### Deus salva os humildes

**Lá do céu fizeste conhecida a tua sentença de condenação. A terra teve medo e ficou quieta quando te levantaste para fazer justiça, para salvar todos os que são explorados neste mundo [...] Deem ao SENHOR, nosso Deus, o que vocês prometeram; que todas as nações vizinhas venham e tragam ofertas para Deus, aquele que deve ser temido! Deus humilha os governantes orgulhosos; ele enche de medo os reis da terra. (vv.8-9,11-12)**

Provérbios nos ensina que os verdadeiramente sábios são aqueles que confiam em Deus e o adoram. A Bíblia chama isso de "o temor do SENHOR" (Provérbios 9:10). É isso o que significa ser humilde. Quando sabemos o quanto Deus é poderoso e que Ele salva os humildes, isso pode nos ajudar a dizer "não" para o pecado e a seguir ao Senhor.

## SALMO 77
**Deus nos salva quando estamos com problemas**

Eu grito bem alto para Deus; grito, e ele me ouve. Nas horas de aflição eu oro ao Senhor; durante a noite, levanto as mãos em oração, [...] Tu andaste pelo meio do mar, abriste caminho no oceano profundo, mas ninguém viu as marcas dos teus pés. Como um pastor, dirigiste o teu povo pelas mãos de Moisés e de Arão. (vv.1–2,19–20)

Perceba como Asafe é honesto ao compartilhar sua oração com Deus. Da próxima vez que você estiver enfrentando um momento de dificuldade, use o lamento de Asafe como guia para formar o seu próprio lamento para Deus e pedir a Ele que o ajude a passar por isso.

# Eu manterei firmes as suas bases.

Salmo 75:3

## Olhando mais de perto

Assim como Deus fez maravilhas nos tempos bíblicos, Ele realiza maravilhas em sua vida e no mundo à sua volta continuamente. Pense em alguém que poderia se sentir encorajado pela história sobre Deus; talvez alguém na sua escola ou na sua vizinhança. Com que amigos, ou membros da sua família, você poderia compartilhar a história sobre Deus? O Senhor deseja que as Suas maravilhas se espalhem como um fogo incontrolável por todo o mundo, e você pode ser parte disso!

# Conte Suas maravilhas
## LEIA O SALMO 78

> Não as esconderemos dos nossos filhos, mas falaremos aos nossos descendentes a respeito do poder de Deus, o SENHOR, dos seus feitos poderosos e das coisas maravilhosas que ele fez. (v.4)

Imagine que você acabou de chegar em casa de incríveis férias em família. Você tem uma caneca nova, fotos e histórias maravilhosas para contar. E mal pode esperar para ver seus amigos e contar tudo para eles! No salmo de hoje, Asafe se sente da mesma forma: ele mal pode esperar para compartilhar uma história emocionante!

Asafe deseja compartilhar a história sobre Deus — a melhor já escrita! Ele quer que todos saibam e se lembrem de tudo o que Deus fez. Mais importante, Asafe quer se certificar de que todas as crianças em Israel ouçam sobre o Senhor. Ele sabe que, um dia, as crianças de Israel crescerão e terão seus próprios filhos. Então elas poderão passar a história sobre Deus adiante. Essas crianças crescerão e contarão aos seus filhos também!

Você já compartilhou a história sobre Deus com outras pessoas? Já compartilhou as boas-novas de que Jesus veio para resgatar os pecadores? Você está animado para compartilhar a maravilha da história dele com outros?

Separe um momento para considerar algumas coisas que o Senhor fez na sua vida. Onde você viu o Seu poder? De que formas você o sentiu por perto? Você tem uma história da fidelidade de Deus para compartilhar?

A história sobre Deus é a melhor história no mundo — de poder e alegria. Fale das maravilhas dele hoje.

# Nossa tribulação e a ajuda de Deus
## LEIA OS SALMOS 79–83

Os últimos cinco salmos de Asafe falam dos problemas e más consequências que vêm sobre o povo de Deus quando as pessoas se afastam do Senhor. Mas essas canções também têm orações de esperança — a de que Deus ajudaria o Seu povo e o libertaria de seus inimigos. Assim como nos outros salmos com o nome de Asafe, vemos a paixão dele por Deus em meio aos problemas. Mais uma vez ouvimos o desejo do salmista de que as futuras gerações de filhos de Deus louvassem o Senhor. Ele escreve: "Então nós, que somos o teu povo, que somos ovelhas do teu rebanho, nós e os nossos descendentes te daremos graças para sempre e cantaremos hinos de louvor a ti hoje e nos tempos que estão por vir" (Salmo 79:13).

Esses salmos pedem a Deus livramento das nações, mas também apontam para uma necessidade maior: sermos resgatados do pecado. Jesus, o "Filho do homem" (Salmo 80:17 NVI), entregou Sua vida para pagar o castigo que merecíamos, a fim de "[perdoar] os nossos pecados" (Salmo 79:9 NVI). Nosso coração pecaminoso quer que acreditemos que nossas falhas não são grande coisa. Mas a Palavra de Deus nos ensina que qualquer pecado pode nos colocar em um grande problema. É por isso que devemos confessar nossas transgressões a Deus e pedir que Ele nos perdoe e nos guie para longe das tentações (Mateus 6:13).

### SALMO 79
Apenas Deus pode cobrir nossos pecados

**Nosso problema**
Ó Deus, os pagãos invadiram a tua terra, profanaram o teu santo Templo e deixaram Jerusalém em ruínas. (v.1)

**A ajuda de Deus**
Ajuda-nos, ó Deus, nosso Salvador; por causa da tua própria honra, salva-nos e esquece os nossos pecados. (v.9)

Não podemos combater o pecado sem a ajuda de Deus. Utilizando o versículo 9 do Salmo 79 como guia, ore pedindo a Deus que o livre (que o resgate) dos seus pecados.

## SALMO 80
### Apenas Deus pode nos salvar

### Nosso problema
Do Egito trouxeste uma videira; expulsaste as nações e a plantaste. Limpaste o terreno, ela lançou raízes e encheu a terra. Os montes foram cobertos pela sua sombra e os mais altos cedros pelos seus ramos. Seus ramos se estenderam até o Mar e os seus brotos até o Rio. Por que derrubaste as suas cercas, permitindo que todos os que passam apanhem as suas uvas? Javalis da floresta a devastam e as criaturas do campo dela se alimentam. (vv.8-13 NVI)

### A ajuda de Deus
Volta-te para nós, ó Deus dos Exércitos! Dos altos céus olha e vê! Toma conta desta videira, da raiz que a tua mão direita plantou, do filho que para ti fizeste crescer! Tua videira foi derrubada; como lixo foi consumida pelo fogo. Pela tua repreensão perece o teu povo! Repouse a tua mão sobre aquele que puseste à tua mão direita, o filho do homem que para ti fizeste crescer. Então não nos desviaremos de ti; vivifica-nos, e invocaremos o teu nome. Restaura-nos, ó SENHOR, Deus dos Exércitos; faze resplandecer sobre nós o teu rosto, para que sejamos salvos. (vv.14-19 NVI)

O Salmo 80 é uma oração por Israel, o povo de Deus. Hoje, todos aqueles que colocam sua esperança e fé em Jesus fazem parte desse povo, a Igreja do Senhor. Leia o Salmo 80 procurando por versículos que se aplicam a todos aqueles que acreditam em Deus. Use-os, então, para orar pela igreja.

## SALMO 81
### Apenas Deus pode derrotar nossos inimigos

### Nosso problema
Eu sou o SENHOR, o Deus de vocês, sou aquele que os tirou da terra do Egito. Abram a boca, e eu os alimentarei. Mas o meu povo não quis me ouvir; Israel não me obedeceu. Portanto, eu deixei que eles andassem nos seus caminhos de teimosia e que fizessem o que queriam. (vv.10-12)

### A ajuda de Deus
Como gostaria que o meu povo me ouvisse, que o povo de Israel me obedecesse! Eu derrotaria logo os seus inimigos e castigaria todos os seus adversários. (vv.13-14)

Quando Israel abandonou a Deus, Ele permitiu que as más consequências dos seus pecados caíssem sobre eles (veja os versículos 11 a 15). Peça a Deus que o ajude a andar nos Seus caminhos. Não é maravilhoso que, por causa de Jesus, nós saibamos que temos o perdão de Deus quando nos arrependemos por tê-lo abandonado? Peça ao Senhor que lhe dê um coração que deseje seguir os Seus caminhos.

## SALMO 82
### Apenas Deus pode nos libertar

### Nosso problema
**Deus toma o seu lugar na reunião dos deuses e no meio deles dá a sua sentença: "Vocês precisam parar de julgar injustamente e de estar do lado dos maus. Defendam os direitos dos pobres e dos órfãos; sejam justos com os aflitos e os necessitados". (vv.1-3)**

### A ajuda de Deus
**Socorram os humildes e os pobres e os salvem do poder dos maus. (v.4)**

Deus é o justo juiz. Sempre que vemos injustiça no mundo, podemos orar ao Senhor e pedir a Ele que resgate os pobres e necessitados ou ajude os órfãos e as viúvas. Faça a sua própria oração a Deus, pedindo a Ele para resgatar uma pessoa ou um grupo de pessoas.

## SALMO 83
### Apenas Deus pode nos ajudar

### Nosso problema
**Ó Deus, não fiques em silêncio! Não te cales, nem fiques parado, ó Deus! Olha! Os teus inimigos se agitam, e aqueles que te odeiam estão se revoltando. Eles estão fazendo planos traiçoeiros contra o teu povo, estão tramando contra aqueles que tu proteges. Eles dizem: "Venham! Vamos destruir Israel para que o nome desse povo seja esquecido para sempre". (vv.1-4)**

### A ajuda de Deus
**Ó meu Deus, espalha essa gente como o pó, como a palha que o vento sopra para longe! Assim como o fogo queima a floresta, e as labaredas incendeiam os montes, assim persegue-os com a tua tempestade e faze com que sintam medo do teu furacão. (vv.13-15)**

Asafe pede a Deus que destrua os inimigos do Seu povo. Você sabia que o diabo está por trás dos inimigos da Igreja? Ele quer destruir a fé em todos aqueles que confiam em Jesus. Podemos orar para que o Senhor proteja a nossa fé e destrua Satanás. Ore também pelos cristãos perseguidos ao redor do mundo. Ore para que aqueles que os perseguem possam se voltar para Cristo. Isso já aconteceu antes!

**Socorram os humildes e os pobres**

e os salvem do
poder dos maus.

Salmo 82:4

# Orações para tempos difíceis
## LEIA OS SALMOS 84–88

Depois de cinco salmos que descrevem a rebelião do povo de Deus e as dificuldades que vieram sobre eles, o editor de Salmos coloca cinco salmos que podemos orar a Deus nesses momentos. Embora alguns desses cânticos nos convidem a levantar os nossos olhos para o Senhor e nos concentrar nos Céus, outros, como o Salmo 88, ensinam-nos a compartilhar de forma honesta as nossas dificuldades com Deus e pedir a Sua ajuda.

Quando enfrentar momentos difíceis, lembre-se de recorrer a esses capítulos para ajudá-lo a guiar suas orações. Por meio da leitura dos Salmos, aprendemos a falar com Deus sobre nossos problemas, como descansar nas promessas do Senhor e nos lembrar de Suas bênçãos.

### SALMO 84
#### Descanse na presença de Deus

**É melhor passar um dia no teu Templo do que mil dias em qualquer outro lugar. Eu gostaria mais de ficar no portão de entrada da casa do meu Deus do que morar nas casas dos maus. SENHOR Deus é a nossa luz e o nosso escudo. Ele ama e honra os que fazem o que é certo e lhes dá tudo o que é bom. Ó SENHOR Todo-Poderoso, como são felizes aqueles que confiam em ti! (vv.10-12)**

Um dia no Templo do Senhor (em Sua presença) é melhor do que mil dias em outro lugar, seja ele qual for (v.10). Deus promete enviar Seu Espírito Santo (Lucas 11:13) para viver com os cristãos todos os dias! Peça a Ele que o ajude a colocar a confiar em Jesus e para encher você com o Seu Espírito.

### SALMO 85
#### Peça a Deus para reavivá-lo e lhe dar Paz

**Dá-nos forças novamente e assim o teu povo se alegrará por causa de ti. Mostra-nos, ó SENHOR Deus, o teu amor e dá-nos a tua salvação! Eu escuto o que o Senhor está dizendo. Para nós, o seu povo, para nós, os que somos fiéis, ele promete paz se não voltarmos aos nossos caminhos de loucura. Na verdade, Deus está pronto para salvar os que o temem a fim de que a sua presença salvadora fique na nossa terra. (vv.6-9)**

Em tempos de dificuldade, nossa fé e esperança podem parecer estar morrendo. Peça a Deus para avivar você. Lembrar-se do Seu amor fiel transmitirá paz ao seu coração. Os Salmos nos encorajam a recordar da fidelidade de Deus continuamente. Invista um tempo para se lembrar do que Deus tem feito por você e sua família. Então peça a ajuda dele em sua dificuldade.

## SALMO 86
### Peça a ajuda de Deus e declare os Seus louvores

Ó SENHOR Deus, escuta-me e responde-me, pois estou fraco e necessitado! Salva-me da morte, pois sou fiel a ti; salva-me porque sou teu servo e confio em ti. Tu és o meu Deus. Tem compaixão de mim, Senhor, pois eu oro a ti o dia inteiro! Ó Senhor, alegra o coração deste teu servo, pois os meus pensamentos sobem a ti! (vv.1-4)

Não há nenhum deus como tu, Senhor; não há nenhum que possa fazer o que tu fazes. Todos os povos que criaste virão e se curvarão diante de ti. Eles louvarão a tua grandeza porque tu és poderoso e fazes coisas maravilhosas. Só tu és Deus. Ó SENHOR Deus, ensina-me o que queres que eu faça, e eu te obedecerei fielmente! Ensina-me a te servir com toda a devoção. (vv.8-11)

Quando a vida está cheia de problemas, nos sentimos insignificantes e necessitados. Clame pela ajuda de Deus em todos os seus problemas. O Senhor ouve o seu clamor por ajuda e o responderá. Leia o Salmo 86 e faça uma lista de todas as coisas que o escritor fala sobre a identidade de Deus que o ajudam a confiar nele em tempos difíceis. Use os trechos acima para guiar suas orações. Primeiro, apresente seus pedidos, então louve e agradeça ao Senhor como forma de mostrar que você acredita nele e confia que Ele o livrará.

## SALMO 87
### Lembre-se das bênçãos de Deus

O SENHOR Deus construiu a sua cidade sobre o monte sagrado; ele ama a cidade de Jerusalém mais do que qualquer outro lugar de Israel. (vv.1-2)

Uma vez mais, o salmista lembra a si mesmo e a nós do que Deus tem feito e o louva por essas coisas. O que Deus tem feito por você pelo que você pode louvá-lo? Ofereça a Deus uma breve oração de louvor e gratidão por tudo o que Ele tem feito.

## SALMO 88
### Conte com sinceridade os seus problemas a Deus

Ó SENHOR, meu Deus e Salvador, dia e noite, na tua presença, eu clamo a ti. Ouve a minha oração; escuta o meu grito pedindo socorro. Pois as aflições que caíram sobre mim são tantas, que já estou perto da morte. Sou como aqueles que estão para morrer; já perdi todas as minhas forças. (vv.1-4)

Ó SENHOR Deus, eu te chamo pedindo ajuda; todas as manhãs eu oro a ti. Por que me rejeitas, ó SENHOR? Por que te escondes de mim? (vv.13-14)

Deus quer que falemos dos nossos problemas honestamente. Esse é um dos motivos pelos quais Ele nos deu esses salmos, para que saibamos que é bom dizer a Ele exatamente como nos sentimos. Se você estiver no meio de uma dificuldade, conte a Deus como é difícil. Circule o Salmo 88 na sua Bíblia e volte a ele como um guia para ajudá-lo a orar durante uma prova ou desafio.

# Um reino que dura para sempre
## LEIA O SALMO 89

> Tu disseste: "Eu escolhi o meu servo Davi,
>     fiz uma aliança com ele e lhe prometi isto:
> 'Um dos seus descendentes sempre reinará;
>     eu farei com que eles sempre sejam reis
>     depois de você'". (vv.3-4)

O salmo de hoje é escrito por um sábio homem chamado Etã. Ele viveu no tempo do rei Davi e Salomão. Ele viu Davi governar como rei, viu Salomão assumir o trono e assistiu a tantas mudanças em seu mundo.

Etã começa lembrando a promessa de Deus para Davi — de que o seu reinado duraria para sempre. O salmista precisa se esforçar para se lembrar dessa promessa porque tudo mudou. Salomão se afastou do Senhor, e o seu filho também. Israel não parece mais a nação de Deus. Em seguida, Etã pergunta a Deus: "onde estão as antigas provas do teu amor?" (v.49). Ele se pergunta se a promessa de Deus ainda é verdadeira.

Enquanto Etã assiste o mundo à sua volta desmoronar, ele escolhe confiar na promessa de Deus. Sua oração olha adiante para o dia em que Jesus governará como o único perfeito Rei. Seu trono durará para sempre e todas as Suas promessas se cumprirão.

Ao olhar o mundo à sua volta, você às vezes se sente como Etã? Você se pergunta quando Deus consertará tudo? Se Ele cumprirá Suas promessas? Siga o exemplo de Etã ao confiar que as promessas de Deus são verdadeiras e esperar ansioso pelo dia em que Jesus voltará. Quando Ele vier, destruirá todo mal, pecado e morte e reinará para sempre em verdade e poder!

# Olhando mais de perto

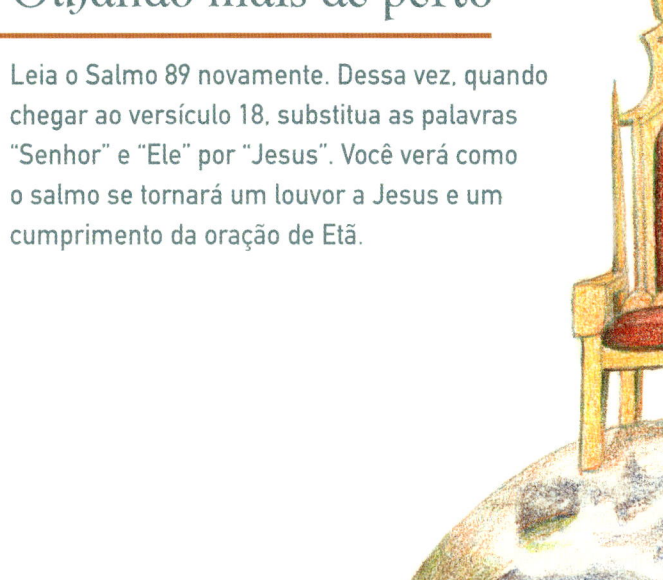

Leia o Salmo 89 novamente. Dessa vez, quando chegar ao versículo 18, substitua as palavras "Senhor" e "Ele" por "Jesus". Você verá como o salmo se tornará um louvor a Jesus e um cumprimento da oração de Etã.

Capítulo QUATRO

# A história de Oliver

## Deus é a força do coração do vovô

Vovô sorriu para Oliver da sua cama, enquanto o vento de inverno uivava do lado de fora, e o granizo dançava no telhado.

—Bem, é o fim do Livro 3, vovô — Oliver disse, fechando o livro.

—Obrigado, Oliver. Você fez um excelente trabalho. Sou grato por estar de volta a casa para nossa leitura novamente. Você não continuou a ler enquanto eu estava no hospital, não é?

—Não, eu esperei como prometi — Oliver respondeu com um sorriso.

Mamãe entrou no quarto com uma bandeja de canecas fumegantes e disse:

—Quem quer chocolate quente? — então colocou a bandeja na mesinha lateral.

—Parece maravilhoso. Obrigado — disse vovô.

Houve outra rajada de vento gelado contra a janela, chamando a atenção de Oliver. Ele se lembrou da primeira manhã na fazenda, olhando a paisagem de verão do lado de fora da mesma janela. Tanta coisa tinha mudado em tão pouco tempo — com a mudança das estações e com o vovô. Mamãe colocou a mão sobre o ombro de Oliver. Ela parecia saber o que ele estava pensando. Estando ao seu lado, ela assegurou a ele que tudo ficaria bem.

—Vovô, você acha que o carvalho vai aguentar a tempestade? — perguntou Oliver.

—Ele vai ficar bem e provavelmente vai viver outros cem anos. Além disso, você viu o que está crescendo no caminho, na parte de baixo do antigo álamo?

Oliver não se lembrava de ter visto nada.

—O que é? — ele perguntou.

—Eu queria mostrar a você! Pelo menos meia dúzia de nozes brotaram na primavera passada. Ainda que os esquilos tentem enterrar o máximo de nozes que possam, geralmente se esquecem de alguns esconderijos. Essas nozes adormecem ao longo do inverno e então brotam na primavera. Muitos anos antes da morte do antigo carvalho, essas mudas crescerão e ficarão ao lado dele. Elas trarão comida e abrigo para os animais. Poderão até fazer sombra para alguns futuros leitores como nós — vovô disse sorrindo.

—Você vai precisar me mostrar na primavera. — Oliver respondeu.

—Não tenho certeza de que chegarei até lá novamente. Sinto que está quase na hora de eu ir para casa. Seu pai já concordou em assumir o meu lugar e ler com você. "No Céu, eu só tenho a ti. E, se tenho a ti, que mais poderia querer na terra? Ainda que a minha mente e o meu corpo enfraqueçam, Deus é a minha força, ele é tudo o que sempre preciso."

—Salmo 73:25-26 — sussurrou Oliver.

Vovô sorriu e pensou: *Oliver sempre se lembrará dos Salmos. Eles guiarão seus pensamentos e orações. Obrigado, Pai.*

# Livro
## Nº 4

## Salmos 90–106
O SENHOR É REI

# A verdadeira história de Deus
## LEIA O SALMO 90

*Senhor, tu sempre tens sido o nosso refúgio.
Antes de formares os montes e de começares a criar a terra e o Universo, tu és Deus eternamente, no passado, no presente e no futuro. (vv.1-2)*

Você consegue se lembrar de todos os presentes de Natal e de aniversário que os seus pais e avós lhe deram? Imagine todos eles amontoados numa única grande pilha. Ao longo dos anos, recebemos muitos presentes maravilhosos, mas é fácil nos esquecermos dessas bênçãos ao termos um dia ruim.

O salmo de hoje foi escrito por Moisés. Ele está bastante consciente de toda a dificuldade que Israel tem enfrentado. Ele e o povo de Deus têm vagado pelo deserto por 40 anos. Em tempos problemáticos, é fácil nos esquecermos da verdadeira história de Deus e apenas pensar na dificuldade que estamos enfrentando. Talvez você tenha problemas na família, na escola ou na vizinhança. Você só consegue enxergar o que está à sua frente e não consegue se lembrar da ajuda de Deus no passado. Lembre-se, então, da verdadeira história sobre Deus — tanto na Bíblia quanto na sua vida. Recorde da fidelidade do Senhor ao longo das Escrituras e da Sua fidelidade a você. Então peça a Deus para encher seu coração de esperança e confiança, não importa quantos problemas novos apareçam. Invista tempo lendo a Sua Palavra. Ela nunca muda. Ele é o mesmo Deus ontem, hoje e eternamente. A história dele é verdadeira e confiável. É isso o que significa: "contar os nossos dias para que o nosso coração alcance sabedoria" (v.12 NVI). Quando sabemos que Deus está no controle de cada dia e que cada um deles é um dia de confiança em Seu amor inabalável, então estamos no caminho para a sabedoria.

## Olhando mais de perto

Anote todas as coisas que Moisés diz acontecerem com todos os que vivem nesta Terra (vv.3-10). Então escreva todas as coisas de que Moisés se lembra a respeito de Deus. Como isso muda a maneira como você vê a sua vida?

## Olhando mais de perto

Faça uma lista a partir do Salmo 90 de todas as imagens que nos ajudam a lembrar como Deus nos mantém a salvo.

# Meu lugar seguro
## LEIA O SALMO 91

**A pessoa que procura segurança no Deus Altíssimo
e se abriga na sombra protetora do Todo-Poderoso
pode dizer a ele: "Ó SENHOR Deus, tu és o meu
defensor e o meu protetor.
Tu és o meu Deus; eu confio em ti". (vv.1-2)**

Você já acordou no meio da noite tendo um sonho ruim? De repente, tudo no seu quarto parece diferente. Tudo *soa* estranho! Você precisa de ajuda — e rápido! Aonde você pode ir? Você pede por socorro? Não é bom quando sua mãe, pai, irmão ou irmã entra correndo no seu quarto, dá-lhe um abraço e diz: "Está tudo bem. Foi só um sonho ruim."?

No salmo de hoje, Davi compartilha que Deus é aquele a quem ele clama por ajuda. O salmista diz que Deus é como uma fortaleza, para a qual ele pode correr e estar seguro. Nada prejudicial ou assustador pode tocá-lo ali. Ele está coberto pelas asas de Deus e se esconde debaixo de Suas penas. Davi encontra sua segurança no Altíssimo. O Salmo 91 traz uma promessa para todos nós: Deus guardará todos aqueles que se refugiam nele. Um refúgio é um local seguro para se esconder em busca de proteção, como um abrigo numa tempestade. A mensagem do Salmo 91 é que, se confiarmos em Deus, Ele nos salvará. Assim como Davi, você já fez do Senhor o seu refúgio e lugar seguro? Você se volta para Ele quando está assustado? Por causa do amor fiel e cuidado de Deus, você não precisa mais temer as sombras da noite, ou as surpresas do dia. O Senhor está com você sempre. Ele o protegerá. Deus é o seu local seguro. Você pode descansar. Hoje, separe um tempo para contar a Ele sobre os seus medos. Deus está ouvindo e responderá. Quando estiver com problemas, o Senhor o cercará com o Seu amor.

# Adoração através dos Salmos
## LEIA O SALMO 92

> Ó SENHOR Deus, como é bom dar-te graças! Como é bom cantar hinos em tua honra, ó Altíssimo! [...] Ó SENHOR Deus, os teus feitos poderosos me tornam feliz! Eu canto de alegria pelas coisas que fazes. (vv.1-4)

Reflita por um momento sobre todas as coisas que Deus tem feito. Ele criou a Terra e os Céus com todos os planetas e estrelas. Ele encheu a Terra de animais maravilhosos como as joaninhas, pássaros azuis e borboletas. Deus também cuida de nós. A Bíblia é cheia de histórias sobre Deus salvando o Seu povo dos problemas, curando as doenças e respondendo às orações.

Uma das maneiras como podemos adorar a Deus é louvar e agradecer a Ele por Suas maravilhosas obras. O Salmo 92 diz que é bom louvar a Deus. É bom louvá-lo aos domingos na igreja, e é bom louvá-lo em casa. É bom render louvores com outras pessoas ou sozinho. É bom louvá-lo em todo lugar e a qualquer momento.

O salmo de hoje diz que você pode cantar o amor de Deus pela manhã e a sua fidelidade à noite. Você pode louvá-lo a qualquer hora do dia! Você pode elevar o seu coração a Deus em louvor por meio da oração e canções. Deus ama ouvir o louvor do seu coração enquanto você exalta o nome dele! Ele ama ouvir o seu coração cantar. Como você pode louvar a Deus hoje? O que Ele tem feito por você? Brade um "muito obrigado" a Deus. Diga em alta voz frases como: "Obrigado, Deus, pela minha família! Obrigado, Deus, por manter o meu coração batendo. Obrigado pelas nuvens no céu e o Sol que brilha!". Você pode falar às outras pessoas ou simplesmente conversar com Deus no silêncio do seu quarto compartilhando o que está em seu coração e rendendo louvor. O que quer que você faça, eleve o seu coração ao Senhor. Declare a Sua glória! Cante louvores ao Seu nome. É bom dar graças ao Senhor!

## Olhando mais de perto

Anote algo maravilhoso pelo qual você gostaria de louvar a Deus hoje. Então separe alguns momentos para louvá-lo escrevendo um poema, cantando uma canção ou fazendo uma oração.

# O Senhor é o nosso Rei
## LEIA OS SALMOS 93–99

Os Salmos 93 a 99 são repletos de razões para louvar a Deus como Rei. Juntas, elas servem para estimular o nosso coração a bradar e dizer: "Meu Deus é o meu Rei! Meu Deus é o meu Rei! Ele governa acima dos meus problemas! Eu canto os Seus louvores!". Reis podem fazer o mal ou o bem. Quando as pessoas de um país têm um bom rei, elas bradam e batem palmas quando ele aparece no castelo para se pronunciar. Deus, nosso Rei celestial que governa sobre tudo, é perfeito e bom em tudo o que Ele faz. É por isso que gritamos, batemos palmas e cantamos os Seus louvores!

Esses salmos contêm o louvor em hebraico *Yahweh Malak*, que significa: "O Senhor reina como Rei" e é traduzido como "o SENHOR Deus é Rei" (Salmos 93:1; 97:1; 99:1). Essa coleção de salmos nos chama para "cantar" louvores ao Rei e nos alegrar em Deus (Salmos 95:1; 96:1-2; 96:12; 98:4-5; 98:8; 100:2). À medida que você ler esses Salmos, procure por esses dois temas e junte-se à celebração. Nosso Senhor reina absoluto, então levantemos bem alto as nossas vozes e cantemos por todas as razões que temos para adorar o nosso Rei!

## SALMO 93
### Louve ao nosso Rei, que é eterno

O SENHOR Deus é Rei. Ele está vestido de majestade e coberto de poder. A terra está firme no seu lugar e não pode ser abalada. Ó SENHOR, o teu trono está firme desde o princípio; tu sempre exististe. (vv.1-2)

Podemos usar as descrições de Deus nos Salmos para adorá-lo enquanto oramos. Ao ler o Salmo 93 tenha em mente que Deus é o seu Rei, e ofereça cada frase dessa passagem como uma oração.

## SALMO 94
### Louve o nosso Rei, que é justo

Ó SENHOR, tu és Deus que castiga! Mostra a tua ira. Tu és o juiz de todas as pessoas; levanta-te e dá aos orgulhosos o que eles merecem. (vv.1-2)

Esse salmo louva a Deus por Sua justiça, mas o salmista também é honesto com Deus e pergunta a Ele por que a Sua justiça está demorando tanto. Nem sempre entendemos por que Deus permite que o mal continue. É bom compartilharmos nossas perguntas com Deus em nossas orações. Você tem dúvidas que gostaria de esclarecer com Ele?

# O Senhor Deus é Rei.

Ele está vestido de majestade…

Salmo 93:1

## SALMO 95
### Louve o nosso Rei, que é maior do que tudo

Venham todos, e louvemos a Deus, o SENHOR! Cantemos com alegria à rocha que nos salva. Vamos comparecer diante dele com ações de graças, cantando alegres hinos de louvor. Pois o SENHOR é Deus poderoso; é Rei poderoso acima de todos os deuses. (vv.1-3)

Os Salmos foram cantados pelo povo de Deus nos tempos antigos. Você tem algum hino ou canção de adoração favorita que você pode cantar hoje? Pense na letra que você está cantando e faça dela a sua oração pessoal.

## SALMO 96
### Louve o nosso Rei, que é justo e fiel

Digam em todas as nações: "O SENHOR é Rei! A terra está firme no seu lugar e não pode ser abalada; ele julgará os povos de acordo com o que é direito". Alegre-se a terra, e fique contente o céu. Ruja o mar e todas as criaturas que nele vivem. Alegrem-se os campos e tudo o que há neles. Então as árvores dos bosques gritarão de alegria diante de Deus, o SENHOR, pois ele vem governar a terra. Com justiça e sem parcialidade, ele governará os povos do mundo. (vv.10-13)

Que tal tentar algo divertido? Transforme suas orações numa nova canção criando a sua própria melodia. Não se preocupe se a música não ficar tão boa assim; Deus ama ouvir o Seu povo cantar e, de qualquer forma, amará ouvi-lo.

## SALMO 97
### Louve o nosso Rei, que é poderoso

O SENHOR Deus é Rei. Alegre-se a terra! Fiquem contentes, ilhas dos mares! Em volta dele há nuvens e escuridão; as bases do seu reinado são a honestidade e a justiça. Na sua frente, vai um fogo que queima os inimigos ao seu redor. Os seus relâmpagos iluminam o mundo; a terra vê e treme. Os montes se derretem como cera diante do SENHOR, diante do SENHOR de toda a terra." (vv.1-5)

Pensar em Deus como o Rei Todo-poderoso que governa sobre toda a Sua criação edifica a nossa fé. Leia as palavras do Salmo 97 bem devagar e, à medida que passa por cada frase, ore para que você creia em cada palavra desse salmo. Confie em Deus como o seu grande Rei.

## SALMO 98
### Louve o nosso Rei, que é Senhor sobre todas as coisas

Cantem ao SENHOR com alegria, povos de toda a terra! Louvem o SENHOR com canções e gritos de alegria. Cantem louvores a Deus, o SENHOR, com acompanhamento de harpas e toquem música nas liras. Ao som de trombetas e cornetas, cantem com alegria diante do SENHOR, o Rei. (vv.4-6)

Esses versículos nos chamam a cantar para Deus e adorá-lo. Embora você possa pensar: "Eu já fiz isso antes", cantar deve ser uma parte habitual de nossa vida como cristãos. Cante na igreja, cante em família e cante sozinho também. Deus ama que cantemos louvores a Ele.

## SALMO 99
### Louve o nosso Rei, que é santo

O SENHOR Deus é Rei: os povos tremem. Ele está sentado no seu trono, que fica sobre os querubins; a terra estremece. O SENHOR é poderoso em Jerusalém; ele governa todos os povos. Que todos o louvem por causa da sua grandeza e porque ele merece profundo respeito. O SENHOR Deus é santo. Ó poderoso Rei, tu amas a justiça; tu a trouxeste ao povo de Israel, fazendo com que houvesse julgamentos justos e honestos. Louvem o SENHOR, nosso Deus, e se ajoelhem diante do seu trono. O SENHOR Deus é santo. (vv.1-5)

O livro de Salmos é cheio de referências à história passada e às coisas que Deus fez. O que Ele tem feito por você? Crie o seu próprio salmo descrevendo a obra de Deus em sua vida, então o ofereça ao Senhor em forma de oração e agradecimento.

> Venham todos, e louvemos a Deus, o SENHOR! Cantemos com alegria à rocha que nos salva.
>
> Salmo 95:1

## Olhando mais de perto

Pense em formas de louvar a Deus nos diferentes locais que você frequenta semanalmente. Como seria na igreja, na escola ou apenas quando está passando tempo com os amigos? Agora faça uma lista de alguns motivos pelos quais você pode louvar a Deus todos os dias.

# Louve ao Senhor em todo lugar
## LEIA O SALMO 100

Cantem hinos a Deus, o SENHOR,
　　todos os moradores da terra!
Adorem o SENHOR com alegria e venham cantando
　　até a sua presença.
Lembrem que o SENHOR é Deus.
Ele nos fez, e nós somos dele;
　　somos o seu povo, o seu rebanho. (vv.1-3)

Esse salmo diz ao mundo inteiro para cantar com alegria em adoração a Deus. Você sabia que Deus diz que até as estrelas da manhã cantaram quando o mundo foi criado (Jó 38:7)? Consegue imaginar o som dessa canção? Temos tanto pelo que louvar a Deus. Você pode pensar em algo? Esse salmo nos conta as razões mais importantes que temos para adorar ao Senhor — Ele é Deus de todo o mundo, Ele nos fez e Ele cuida de nós. Seu amor dura para sempre. Esse é um motivo pelo qual bradar de alegria!

Quando o Salmo 100 foi escrito, o Templo em Jerusalém era o local onde o povo de Deus ia para se encontrar com Ele. Quando Jesus iniciou Seu ministério, Jesus afirmou que Ele era o templo (João 2:21). Jesus é o nosso Emanuel — Deus conosco. Antes de ir para o Céu, Cristo prometeu enviar o Espírito Santo para viver no coração de todo aquele que crê para que o Senhor pudesse estar com cada um de nós (João 14:17). Isso faz de todos os que creem em Jesus parte do templo vivo de Deus (1 Coríntios 3:16). O Espírito de Deus vive em nós, então podemos cantar de alegria para o Senhor por onde quer que formos. Podemos louvá-lo na igreja, em casa, na escola, ou em qualquer lugar.

130

# A promessa de Davi
## LEIA O SALMO 101

…Viverei com integridade
  em minha própria casa.
Não olharei para coisa alguma que seja
  má e vulgar… (vv.2-3 NVT)

O rei Davi sabia que a vida estava cheia de coisas boas que poderiam roubar o nosso amor por Deus. Que coisas boas você ama? Talvez seja comer, divertir-se com seus amigos ou assistir TV. É maravilhoso apreciar todas as coisas boas que Deus nos dá, mas, quando você as ama mais do que ao Senhor, elas são o que o rei Davi chama de "coisa má e vulgar". No salmo de hoje, Davi faz uma promessa a Deus. Ele promete amar o Senhor por toda a sua vida — com cada pensamento e ação. É isso que significa ter integridade. Mas, antes de poder cumprir essa promessa, ele precisa da ajuda divina. É por isso que o rei Davi pergunta a Deus: "quando virás me ajudar?". Ele sabe que só pode amar a Deus de todo o seu coração se o Senhor estiver com ele. Você pode fazer essa promessa hoje também. Porém você também precisará que Jesus esteja com você a cada passo do caminho. Peça que Ele venha até você, e Ele virá. Jesus diz que, quando nós pedimos, buscamos, batemos, Ele sempre responde com a Sua presença (Mateus 7:7).

Podemos fazer do pedido de Davi a nossa oração porque Jesus está conosco. Releia os versículos. Qual dessas frases você acha que o Espírito Santo deseja que você torne uma promessa para Deus? Uma das promessas mais relevantes na canção do rei Davi está no versículo 3: "Não olharei para coisa alguma que seja má e vulgar…". É um grande lembrete para que nós guardemos nosso olhar de ver imagens que não honram o Senhor.

## Olhando mais de perto

Em que coisas boas na sua vida você pensa mais do que em Deus? Peça ao Senhor que o ajude a colocá-lo em primeiro lugar no seu coração e, então, agradeça ao Senhor por todas as bênçãos maravilhosas que Ele tem lhe dado.

# Dias difíceis
## LEIA O SALMO 102

Ó SENHOR, ouve a minha oração e escuta
    o meu grito pedindo socorro!
Não te escondas de mim quando estou aflito.
Ouve-me quando eu te chamar e
    responde depressa. (vv.1-2)

Você já teve um dia difícil? É como se todo mundo estivesse contra você — como se uma nuvem carregada estivesse pairando sobre sua cabeça, só esperando o momento para derramar chuva sobre você. Não importa aonde você vá ou o que faça, parece que não consegue escapar. Nesses dias, o que você faz com os seus sentimentos? Tenta encobri-los para que ninguém possa ver? Fica frustrado com as pessoas à sua volta? Você fala com alguém? Onde você consegue ajuda? O autor do salmo de hoje teve um dia difícil também.

Mas, em vez de esconder seus sentimentos, ele decidiu compartilhá-los com Deus. Decidiu ser honesto — apesar de provavelmente ter sido difícil e desconfortável.

Você pode compartilhar com Deus qualquer coisa que estiver sentindo. Pode dizer a Ele o que está em sua mente e coração. Pode até fazer perguntas ao Senhor. Não importa o que esteja acontecendo ou o que você diga, o Senhor não se surpreende. Ele não fica chateado. Ele ainda o ama. Você ainda pode confiar nele. Deus se importa com o que está acontecendo no seu coração e na sua mente e convida você a compartilhar isso com Ele. O Senhor deseja a sua honestidade, até mesmo nos dias difíceis.

Ele caminhará com você não importa o que esteja acontecendo, nem mesmo como você esteja se sentindo. Ele promete estar ao seu lado.

## Olhando mais de perto

Faça uma lista de todos os problemas que o salmista compartilha com Deus. O que ele lembra sobre o Senhor que o ajuda nas adversidades?

## Olhando mais de perto

Anote todas as bênçãos que Davi menciona nos versículos 1-5 do Salmo 103. Continue a leitura e escreva como o salmista descreve Deus e Seu amor pelos Seus filhos. Você também pode louvar a Deus por essas coisas? Faça deste salmo a sua própria oração.

# Somos abençoados por causa de Jesus
## LEIA O SALMO 103

> Que todo o meu ser louve o SENHOR,
>   e que eu não esqueça nenhuma das suas bênçãos!
> O SENHOR perdoa todos os meus pecados
>   e cura todas as minhas doenças;
>   ele me salva da morte e me abençoa
>   com amor e bondade. (vv.2-4)

Você já pulou as páginas de um livro em sua leitura? Talvez você estivesse curioso a respeito da trama ou quisesse saber o final. No salmo de hoje, Davi olhou adiante para uma parte futura da história sobre Deus: o dia em que o Senhor removeria os nossos pecados e nos perdoaria. Hoje podemos relembrar essa parte da história sabendo que Deus enviou o Seu Filho Jesus para sofrer a punição que nós merecíamos a fim de que pudéssemos ser perdoados.

Davi olhou adiante e disse que um dia Deus removeria o nosso pecado e o colocaria tão distante de nós "quanto o Oriente está longe do Ocidente" (v.12). Isso significa que Ele perdoa os nossos erros para sempre e não se lembra mais deles. Aqueles que abandonam seus pecados para confiar no Senhor Jesus não enfrentarão o juízo de Deus pelas coisas ruins que fizeram.

Quando Davi olhou para a obra de Jesus mais à frente na história de Deus, ele teve apenas uma reação: louvar o Senhor e agradecer a Ele por Seu perdão e graça. Ele repetiu a expressão "louve o Senhor" várias vezes nessa canção! Assim como Jesus morreu pelos pecados de Davi, Ele se entregou pelas suas transgressões também. Todos os "benefícios" maravilhosos que o Salmo 103 promete são nossos porque Jesus morreu e ressuscitou, e Ele está chamando cada um de nós para deixar o pecado e colocar sua fé nele. Em Cristo, todas as bênçãos dos filhos de Deus são nossas. Essa é uma razão maravilhosa para bendizer ao Senhor!

# Aleluia!
## LEIA OS SALMOS 104–106

Os últimos três salmos do Livro 4 terminam com a palavra "Aleluia" em hebraico. "Aleluia" é composta por duas pequenas palavras hebraicas: *halal* e *Yah*. A primeira significa "que os povos louvem", e a segunda é uma redução do nome do Deus da aliança (*Yahweh*). Dessa forma, a palavra aleluia significa "que os povos louvem a Yahweh". A maioria das versões bíblicas traduzem "aleluia" no livro dos Salmos com estas três palavras em português: "louve ao Senhor".

Embora a maioria dos tradutores bíblicos não tenham usado a palavra "aleluia" em hebraico ao traduzir os Salmos, eles a utilizam no livro de Apocalipse. "Aleluia" aparece quatro vezes em Apocalipse 19, nos versículos 1, 3, 4 e 6. Eis aqui um deles: "Depois disso ouvi no céu uma voz forte como se fosse a de uma grande multidão, que dizia: — Aleluia! A salvação, a glória e o poder pertencem ao nosso Deus!" (Apocalipse 19:1)

O famoso compositor Handel repetiu a palavra "aleluia" mais de 50 vezes em sua famosa canção *Hallelujah* (Aleluia de Handel), que é tocada na época de Natal em todo o mundo. Handel queria que todos "louvassem a Deus" por ter enviado Seu Filho Jesus para nos salvar de nossos pecados.

O editor do livro de Salmos encerra o Livro 4 com três salmos de aleluia. Essa é uma grande resposta após cantar que Deus afastou os nossos pecados tanto "quanto o Oriente está longe do Ocidente" (Salmo 103:12). O que você pode dizer ao cantar o perdão que Deus concede? Parece que apenas uma palavra serve como resposta, e ela é "Aleluia!". Colocamos a palavra "Aleluia" no lugar ao qual ela pertence no livro de Salmos.

## SALMO 104
### Louve ao Senhor por seu governo sobre tudo o que existe

Cantarei louvores ao SENHOR enquanto eu viver; cantarei ao meu Deus a vida inteira. Que o SENHOR fique contente com a minha canção, pois é dele que vem a minha alegria! Que desapareçam da terra aqueles que não querem saber de Deus, e que os maus deixem de existir! Que todo o meu ser te louve, ó SENHOR Deus! Aleluia! (vv.33-35)

Lembre-se do significado de "aleluia" (que os povos louvem ao Senhor) e, sempre que ouvir essa palavra em uma canção, você se lembrará do que ela quer dizer.

# Aleluia! Deem graças ao SENHOR, porque ele é bom e o seu amor dura para sempre.

Salmo 106:1

## SALMO 105
**Louve ao Senhor por Suas maravilhosas obras**

Fez o seu povo sair cheio de júbilo e os seus escolhidos com cânticos alegres. Deu-lhes as terras das nações, e eles tomaram posse do fruto do trabalho de outros povos, para que obedecessem aos seus decretos e guardassem as suas leis. Aleluia! (vv.43-45 NVI)

Os primeiros quatro versículos do Salmo 105 nos convidam a adorar contando aos outros as maravilhosas obras de Deus. Faça uma lista das coisas admiráveis que o Senhor tem feito em sua vida, então ofereça uma oração de louvor ao Altíssimo por tudo que Ele tem realizado por você.

## SALMO 106
**Louve ao Senhor pelo Seu eterno amor**

Aleluia! Deem graças ao SENHOR porque ele é bom e o seu amor dura para sempre. Quem pode contar todas as coisas maravilhosas que ele tem feito? Quem pode louvá-lo como ele merece? (vv.1-2)

Salva-nos, SENHOR, nosso Deus! Ajunta-nos dentre as nações, para que demos graças ao teu santo nome e façamos do teu louvor a nossa glória. Bendito seja o SENHOR, o Deus de Israel, por toda a eternidade. Que todo o povo diga: "Amém!" Aleluia! (vv.47-48 NVI)

Você sabia que tudo nessa vida um dia passará, mas que o amor de Deus durará para sempre? Para aqueles que confiam em Jesus, nada pode separá-los do amor de Deus (Romanos 8:38-39). Esse é um ótimo motivo para gritar: "Aleluia!".

Capítulo UM
# A história de Oliver

## Deus é o refúgio e força de Oliver

O pai de Oliver, Charles, fechou o livro.

—Bem, esse é o fim do Livro 4. — Ele sabia que Oliver preferia estar lendo com o vovô. Charles se lembrou das vezes em que tinha ido ao antigo carvalho com o seu pai e o quanto ele apreciava isso. Oliver não era o único que estava sentindo falta do vovô. Toda a família estava triste. Na noite antes de vovô ir morar com Jesus, ele chamou todos na cabeceira da cama para se despedir. De alguma forma, ele sabia que a sua hora estava próxima.

—Prometam-me duas coisas — vovô disse, segurando a mão de Oliver.
—Prometa que você terminará de ler o livro com o seu pai.

Oliver concordou com a cabeça e respondeu:

—Sim. Eu te amo, vovô.

—Uma coisa mais — vovô disse, olhando em direção a Oliver. —Compartilhe com as outras pessoas o que você aprendeu.

Oliver acenou com a cabeça, e lágrimas rolaram por seu rosto.

—Farei isso, vovô. "Deus é o nosso refúgio e a nossa força, socorro que não falta em tempos de aflição. Por isso, não teremos medo, ainda que a terra seja abalada, e as montanhas caiam nas profundezas do oceano".

Vovô sorriu e disse:

—Salmo 46.

Então Oliver desejou boa-noite para o avô e o abraçou gentilmente. De manhã, vovô estava na presença de Jesus. As semanas após o falecimento do avô foram muito quietas. Mamãe, papai e Oliver passavam tempo compartilhando suas memórias em volta da lareira e em caminhadas pela floresta. Parecia que essas memórias os aproximavam.

Charles e Oliver decidiram esperar até a primavera para continuar a ler o livro. E, mesmo quando a primavera veio, a caminhada em direção ao antigo carvalho pareceu estranha sem o vovô. Mas o cenário era lindo — eles estavam cercados por açafrão florescendo e novos botões de flores nas árvores. Tudo estava vibrante e perfumado. Charles disse:

—Sinto-me tão agradecido pela primavera. Sabe, o vovô amava ver a mudança das estações, em especial a nova vida na primavera. Você consegue imaginar tudo o que ele está apreciando agora no Céu e que um dia nos uniremos a ele ao ver Jesus face a face?

Bem naquela hora, Oliver percebeu dois esquilos cruzando a floresta cheia de folhas caídas. Eles passaram correndo por uma pequena fileira de brotos verdes, espiando do chão. Oliver olhou mais de perto e percebeu o que era aquilo. Então, gritou:

—Os brotos! Vovô me disse que eles estariam ali! Ele me lembrou de que, mesmo que o velho carvalho morresse um dia, a floresta teria nova vida. — Oliver fez uma pausa. — Isso me lembra da nossa vida em Cristo e da ressurreição que está por vir. Acho que a primavera deve ser a minha estação favorita!

Charles e Oliver passaram várias horas daquela tarde se dedicando às mudas, apreciando a vista e os aromas e se maravilhando com a grandeza do que ainda estava por vir.

# Livro Nº 5

## Salmos 107–150
OLHANDO ADIANTE, PARA O CÉU, COM LOUVOR

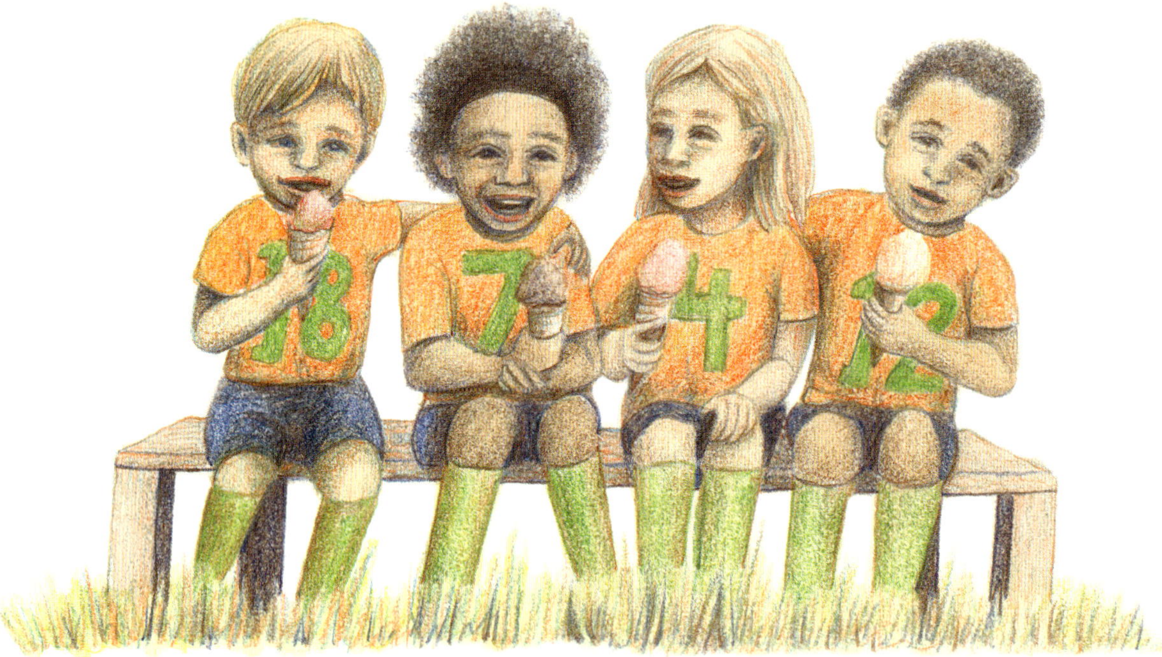

# Diga a todos que venham
## LEIA O SALMO 107

Que aqueles que ele libertou
 repitam isso em louvor ao SENHOR!
Ele os livrou das mãos dos seus inimigos
 e fez com que eles voltassem dos países estrangeiros,
 do Norte e do Sul, do Leste e do Oeste. (vv.2-3)

Imagine que você faz parte de um time esportivo e vence a final do campeonato. Para celebrar, seu treinador convida a todos para irem à sorveteria da cidade, que fica em frente ao campo. Ele grita o mais alto que pode: "Sorvete de graça para todo mundo!". Isso significa que você, todos os jogadores do time, toda a sua família, amigos e até mesmo os árbitros estão convidados a se juntar a ele. Todos dão saltos de alegria e gritam: "Viva!". Então correm e dizem às pessoas na arquibancada: "Vencemos! Sorvete grátis para todos!".

O Salmo 107 descreve uma cena que soa como vencer esse jogo do campeonato, mas de forma muito melhor e maior! Jesus morreu na cruz para pagar o castigo do nosso pecado. Ele pagou o preço — é isso o que significa redenção. Agora o caminho para o Céu está acessível e livre para todo aquele que crê, de toda nação. Deus reunirá Seus filhos do Leste, Oeste, Norte e Sul. O chamado gratuito da graça divina chega até aqueles que vagam no deserto, que estão em problemas, os que têm fome e sede, prisioneiros e todas as pessoas que estão vivendo na escuridão do pecado. Jesus disse:

"Venham a mim, todos vocês que estão cansados de carregar as suas pesadas cargas, e eu lhes darei descanso" (Mateus 11:28).

Você sabia que o Senhor está chamando você para Ele? Deus tem chamado cada um de nós pelo nome. Jesus conquistou a vitória para todos nós e quer que nos juntemos à Sua celebração de vitória e que compartilhemos a verdade de que o caminho para o Céu está aberto. Jesus pagou o preço. Ele conquistou a nossa vitória! Abandone o seu pecado e dificuldades e venha até Jesus, crendo, e você poderá fazer parte dessa grande celebração.

# O panorama geral
## LEIA O SALMO 108

*Ajuda-nos a combater o inimigo,*
*   pois o auxílio de seres humanos não vale nada.*
*Com Deus do nosso lado, venceremos;*
*   ele derrotará os nossos inimigos. (vv.12-13)*

Se você olhar uma pintura a óleo muito de perto, tudo o que verá será um redemoinho de pinceladas. Mas, ao se afastar do quadro, perceberá como todas as cores e sombras trabalham juntas para criar uma bela imagem. As variadas canções do livro de Salmos são como as cores de uma pintura. Porém, quando você dá uns passos para trás, assim como no caso do quadro, os Salmos contam uma história maior. Eles narram a história de vitória. Basta comparar o Livro 1 com o Livro 5. Há duas vezes mais lamentos no primeiro livro comparado ao quinto.

O mesmo ocorre em nossa vida. Passamos por bons e maus momentos, mas Deus vence no final! Todos o que confiam em Jesus unem-se à marcha para a vitória e cantam os louvores do Salmo 108: "Ó SENHOR Deus, eu te darei graças no meio das nações; eu te louvarei entre os povos. O teu amor está acima dos céus, e a tua fidelidade chega até as nuvens" (vv.3-4). Um dia Deus levará toda a nossa tristeza embora e só conheceremos a alegria (Apocalipse 21:4). Imagine o dia da vitória final em que o Senhor fará uma nova Terra e destruirá todo mal, de modo que nada ruim acontecerá novamente. De que maneira aguardar esse dia com expectativa nos ajuda a viver para Deus hoje?

# Olhando mais de perto

Anote todas as razões que o salmista tem para louvar a Deus. O que Ele pede ao Senhor? Agora tente reescrever alguns versículos como se fosse o seu próprio salmo de louvor pelo que o Senhor tem feito por você e peça a Ele que lhe dê vitória sobre as coisas difíceis em sua vida.

## Olhando mais de perto

Leia Romanos 12:17-21 e escreva como Deus deseja que tratemos os nossos inimigos. Lembre-se de que, quando alguém faz algo mau ou errado contra você, o Senhor será o seu defensor. Ele vê e percebe o sofrimento e a tristeza e sempre está pronto para ajudar (Salmo 10:14). O amor diz "não" para o pecado, então, se alguém tem lhe feito coisas ruins, você pode dizer: "Não!", e pedir ajuda a algum adulto.

# Deus está pronto para ajudar
## LEIA O SALMO 109

Em voz alta, darei graças a Deus, o SENHOR;
 eu o louvarei na reunião do povo porque
 ele defende o pobre para salvá-lo
 daqueles que o condenam à morte. (vv.30-31)

Quando um ladrão rouba algo de uma loja, o vendedor pede ajuda a um policial que está por perto! Quando vemos um crime ser cometido, ligamos para o 190. Quando eles prendem um criminoso, o mandam para um juiz. No Salmo 109, aprendemos que Davi enfrentou inimigos terríveis que cometiam o mal contra ele. Eles estavam até tentando matá-lo. Mas Davi sabia que Deus poderia ajudá-lo. Ele clamou ao Senhor em oração para que o salvasse das pessoas que queriam tirar a sua vida.

Davi pediu a Deus que julgasse seus inimigos e que desse a eles o mesmo tipo de dificuldades que estavam trazendo a Davi. Ao ler a oração do salmista, você fica surpreso? Lembre-se de que aquelas eram pessoas más fazendo coisas terríveis a Davi. Mas Davi sabia que Deus era um bom juiz que deve punir o mal.

A Bíblia nos diz que não devemos buscar vingança contra nossos inimigos. Jesus disse que devemos orar por eles e lhes fazer o bem (Mateus 5:44). Mas você também pode orar a Deus para que Ele o proteja de qualquer um que esteja tentando prejudicar sua vida.

Lembre-se do exemplo de Jesus. Ele sabia como era ser tratado mal. Ele até mesmo orou pelos soldados que o crucificavam. Se alguém está tratando você mal, ore por essa pessoa e certifique-se de falar com um adulto da sua confiança com quem possa contar e pedir por auxílio.

# O anúncio de Deus
## LEIA O SALMO 110

**O SENHOR Deus disse ao meu senhor, o rei:**
  **"Sente-se do meu lado direito, até que eu ponha**
  **os seus inimigos debaixo dos seus pés". (v.1)**

Quando um show ou apresentação artística vem à cidade, são colocados cartazes para que todos saibam e possam comparecer. Em algumas culturas, quando alguém se casa ou vai ter um bebê, é feito um anúncio por meio de cartões ou e-mail para contar a todos a novidade. Mas, quando Deus quis anunciar que Ele enviaria Jesus, Ele falou com as pessoas por intermédio dos profetas para que elas conhecessem o plano do Senhor. O Salmo 110 é uma profecia sobre Deus enviando o Seu Filho Jesus. Analise o salmo e veja se encontra uma pista que aponta para o Messias.

Aqui temos algumas delas: sabemos que a pessoa que Deus enviará se assenta à Sua direita (v.1) e que essa pessoa é um rei, porque tem um cetro (v.2). Esse rei governará sobre seus inimigos e será um sacerdote para sempre (v.4). Ele também julgará as nações (v.6). Jesus é esse Rei, a única pessoa que se encaixa em todas essas descrições.

Portanto, muito antes de Jesus nascer, o rei Davi, inspirado pelo Espírito de Deus, cantou essa canção sobre Jesus. Quando o povo de Israel ouviu as palavras desse salmo, soube que se tratava da promessa do Altíssimo de enviar um rei que viveria para sempre e salvaria o povo de Deus.

Agradeça a Deus hoje por manter a Sua promessa de enviar um Resgatador para os pecadores. Seja grato a Ele por estar no Céu agora, intercedendo à destra do Pai por você. Agradeça a Ele por você ser plenamente aceito por Deus por causa de Jesus. Em Cristo, todas as promessas do Senhor se tornam reais. O anúncio do Altíssimo a Davi se tornou realidade, e você também pode usufruir dele agora!

# Olhando mais de perto

O que você acha que Davi quis dizer no versículo 4 ao afirmar: "O SENHOR Deus fez este juramento e não voltará atrás: 'Você será sacerdote para sempre, na ordem do sacerdócio de Melquisedeque.'"? Leia Hebreus 7 para descobrir a resposta.

> ...eu louvarei a **Deus**, o S<small>ENHOR</small> com todo o meu **coração**...
>
> Salmo 111:1

# Uma montanha de aleluias
## LEIA OS SALMOS 111–117

Após o Salmo 110, que tão claramente aponta para Jesus, o Messias, o editor acrescentou um esquema de sete salmos que louvam ao Senhor. Ele colocou três "salmos de aleluia" de cada lado do Salmo 114, que nos convoca repetidamente a confiar na salvação que provém do Senhor e lista as muitas bênçãos que Ele tem dado ao Seu povo. Os Salmos 111 a 113 começam com "Louvai ao SENHOR!", que na verdade significa Aleluia em hebraico. Então, depois de celebrar a salvação concedida por Deus no Salmo 114, os três salmos seguintes terminam com a palavra "aleluia".

Tendo lido sobre Jesus no Salmo 110, o editor dessa coleção maravilhosa nos convoca repetidamente a cantar louvores ao Senhor, chegando até o Salmo 118, que também aponta para Jesus. Enquanto você lê esses sete salmos observe a palavra "Aleluia!", ela significa "Louve ao Senhor!". Fale em voz alta enquanto lê!

## Salmo 111
### Louve a Deus por Suas obras

Aleluia! Na reunião do povo eu louvarei a Deus, o SENHOR, com todo o meu coração, junto com os que lhe obedecem. Como são maravilhosas as coisas que ele faz! Todos os que se alegram por causa delas querem entendê-las. Em tudo o que ele faz, há glória e grandeza; a sua fidelidade é eterna. (vv.1-3)

Deus nos chama para amá-lo de todo o nosso coração, alma e força (Deuteronômio 6:5). É dessa forma que o escritor do Salmo 111 começa sua canção de louvor. Como seria para você amar a Deus de todo o seu coração, alma e força hoje?

## Salmo 112
### Louve a Deus por Suas bênçãos

Aleluia! Feliz aquele que teme a Deus, o SENHOR, que tem prazer em obedecer aos seus mandamentos! Os filhos desse homem serão poderosos na Terra Prometida, e os seus descendentes serão abençoados. (vv.1-2)

O Salmo 112 destaca os benefícios que vêm para aquele que confia no Senhor. Quantos benefícios por confiar em Deus você consegue encontrar nesse salmo? Qual deles mais o encoraja a confiar no Senhor?

## Salmo 113
### Louve o nome do Senhor

Aleluia! Servos de Deus, o SENHOR, louvem o seu nome! Que o nome do SENHOR seja louvado agora e para sempre! Desde o nascer até o pôr do sol, que o nome do SENHOR seja louvado! (vv.1-3)

Esse salmo prossegue dizendo que o Senhor governa acima de tudo olhando para a Terra, pronto para ajudar aqueles em necessidade que clamam por Ele. Separe um tempo para considerar Deus em Sua majestade assentado sobre o trono acima de toda a Terra. Ofereça a Ele suas orações e peça a ajuda do Senhor para você viver para Ele.

## Salmo 114
Louve a Deus pela nossa salvação

**Trema, ó terra, na vinda do Senhor, na presença do Deus de Jacó, pois ele faz com que as rochas virem fontes e transforma as pedras em fontes de água. (vv.7-8)**

Lembrar os grandes feitos de Deus nos dá razões e uma motivação renovada para louvá-lo. Consulte o texto de um dos acontecimentos que o salmista menciona, como o resgate de Israel do Egito (Êxodo 1–13), a abertura do mar Vermelho (Êxodo 14), ou a travessia do rio Jordão (Josué 3).

## Salmo 115
Louve a Deus eternamente

**Os céus pertencem somente ao SENHOR, mas a terra ele deu aos seres humanos. Os mortos, que descem à terra do silêncio, não louvam a Deus, o SENHOR. Mas nós, que estamos vivos, daremos graças ao SENHOR agora e para sempre. Aleluia! (vv.16-18)**

Pessoas de todo o mundo ainda adoram deuses esculpidos em pedra e madeira. Leia a comparação feita entre o nosso Deus vivo e um ídolo morto. O que o encoraja, no Salmo 115, a viver para o nosso Deus vivo?

## Salmo 116
Louve a Deus, porque Ele ouve as nossas orações

**Eu te darei uma oferta de gratidão e a ti farei as minhas orações. Na reunião de todo o teu povo, nos pátios do teu Templo, em Jerusalém, eu te darei o que prometi. Aleluia! (vv.17-19)**

O Salmo 116 é uma canção sobre uma oração respondida. De que forma ler esse testemunho edifica a nossa fé para confiar que Deus ouve e responde as nossas orações? Para quais das suas orações a Deus Ele disse "Sim"?

## Salmo 117
Louve a Deus por Seu inabalável amor

**Louvem a Deus, o SENHOR, todas as nações! Que todos os povos o louvem! O seu amor por nós é forte, e a sua fidelidade dura para sempre. Aleluia! (vv.1-2)**

O Salmo 117 é o menor salmo da Bíblia. Aproveite para memorizar esse capítulo. Dê uma olhadinha no Salmo 118. Por que você acha que o editor colocou esse salmo logo antes do Salmo 118?

Esdras 3:11

# Dê graças
## LEIA O SALMO 118

**Deem graças a Deus, o SENHOR, porque ele é bom e porque o seu amor dura para sempre. (v.1)**

Assim que a última pedra da fundação do novo Templo foi posta no lugar, as trombetas soaram e os címbalos retiniram. O povo de Israel deu graças ao Senhor e cantou as palavras do Salmo 118: "O SENHOR é bom, e o seu amor pelo povo de Israel dura para sempre!" (Esdras 3:11). Eles recitavam as ações de graças do Salmo 118 repetidamente. As pessoas também gritaram as palavras desse capítulo quando Jesus entrou em Jerusalém montado em um jumentinho na semana antes de ele morrer. No domingo antes de Sua morte, enquanto Jesus entrava por Jerusalém, as pessoas estendiam seus mantos no chão à frente dele, balançavam ramos de palmeiras para Ele e bradavam o versículo 26 de Salmo 118: "Hosana a Deus! Que Deus abençoe aquele que vem em nome do Senhor! Que Deus abençoe o Rei de Israel!" (João 12:13).

Separe um momento para pensar em todas as razões pelas quais você é grato pelo que Deus tem feito por você. Ele é bom? Ele atravessa os momentos difíceis com você? Tire um período para criar uma lista de louvores. Certifique-se de agradecer a Deus pelo maior louvor de todos: enviar Seu Filho, Jesus, para ser o nosso Salvador. Alegre-se nesse grande resgate realizado por você na cruz e na grande esperança da vida eterna.

Hoje, quando se reunir para fazer uma refeição, dedique um momento e faça com que todos compartilhem algo que Deus fez por eles. Então, depois de cada um, repita as palavras do Salmo 118. Ou convide a família ou amigos para se reunirem e compartilhar louvores a Deus. Você pode dividir palavras, orações ou canções. Enquanto cada um fala, ouçam com atenção e então respondam com essas palavras: "Deem graças a Deus, o SENHOR, porque ele é bom e porque o seu amor dura para sempre"!

## Olhando mais de perto

Leia o Salmo 118 e conte quantas vezes o capítulo repete as palavras "o seu amor dura para sempre". Anote algumas maneiras pelas quais você viu o amor inabalável de Deus por você neste último ano. Então agradeça ao Senhor por esse amor.

# Você conhece o ABC?
## LEIA O SALMO 119

A tua palavra é lâmpada para guiar os meus passos,
é luz que ilumina o meu caminho. (v.105)

O Salmo 119 segue o alfabeto hebraico. Cada seção desse salmo começa com uma letra diferente e cada linha nessa seção também começa com aquela mesma letra. Em português, a primeira linha de cada seção seria algo do tipo:

**A**leluia! Louve ao Senhor!

**B**endiga ao Senhor com cânticos.

**C**ante a Ele com toda a sua voz

**D**eclare o seu louvor a Ele perante o mundo

**E**xalte o Senhor e conte Seus feitos poderosos

**F**ale que Ele é bom, Sua misericórdia dura para sempre.

Você percebe como o padrão funciona? Um poema ou canção que segue esse tipo de padrão é chamado de acróstico. A primeira letra hebraica é *Aleph*, a segunda é *Beth*. Parece que ele foi escrito para ajudar as pessoas a memorizarem de todas as maneiras como a Palavra de Deus nos ajuda. De *Aleph* a *Taw*, ou como diríamos em português, de *A* a *Z*.

O Salmo 119 é um poema acróstico que nos ajuda a lembrar todas as bênçãos que recebemos, ao ler e meditar na Palavra de Deus. Esse é o maior salmo da Bíblia, mas não se sinta sobrecarregado! Tente ler o Salmo 119 em seções. Pegue uma seção por dia e faça as seguintes perguntas a si mesmo: *O que Deus está me ensinando sobre a Sua Palavra? Que bênçãos eu receberei ao obedecer a Palavra do Senhor?*

## Olhando mais de perto

Enquanto lê, procure por outras coisas sobre as quais o salmista está falando. Circule qualquer trecho em que ele confessa seus pecados. Desenhe um quadrado em volta de quaisquer palavras que descrevem Deus ou o que Ele tem feito pelo salmista. Então sublinhe todas as frases que listam as bênçãos das Escrituras.

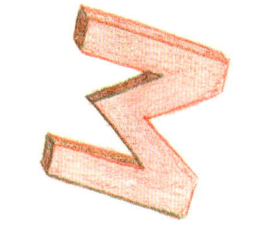

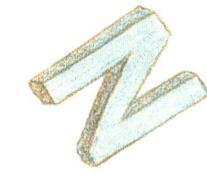

# Um cântico para cada passo
## LEIA OS SALMOS 120–126

Existe uma história por trás do próximo grupo de salmos. Cada um deles é classificado como "Salmo dos Degraus", "Salmo das Subidas" ou "Canção dos peregrinos". Os Salmos de 120 a 126 e os oito salmos em seguida formam seu próprio pequeno hinário. Os estudiosos da Bíblia acreditam que esses 15 cânticos eram entoados enquanto o povo de Israel subia os 15 degraus que levavam ao pátio do Templo em Jerusalém. É possível que o povo de Israel cantasse essas canções curtas uma de cada vez ao subirem cada um dos degraus.

Existem sete salmos de degraus antes do Salmo 127 e outros sete depois. Dois dos sete primeiros foram escritos por Davi durante os dias do primeiro Templo. Dois dos últimos sete também foram escritos por ele. Os estudiosos acreditam que os cinco anteriores e os cinco posteriores sem o nome do autor foram escritos durante a época do segundo Templo.

À medida que você for lendo os salmos escritos pelo rei Davi, pense no primeiro Templo (1 Reis 6) e em como era maravilhoso subir os degraus até o local onde se sabia que Deus habitava. Quando você ler os outros salmos das subidas, escritos durante o período do segundo Templo, imagine que você é um jovem israelita subindo os 15 degraus até um templo recentemente reconstruído depois de viver como cativo na Babilônia. Pense em como você estaria animado em louvar a Deus por trazê-lo de volta para a sua terra e ajudá-lo a reconstruir a sua cidade. Ao ler cada um desses salmos, tente imaginar o que os salmistas estavam pensando ao subirem os degraus. Então use as ideias deles para elaborar sua própria oração a Deus.

### SALMO 120 (Canção de peregrinos)
**Clamar a Deus em tempos de angústia**

**Quando estive aflito, pedi ajuda a Deus, o SENHOR, e ele me respondeu. (v.1)**

Deus ama nos livrar de nossas dificuldades. Você tem algum problema pelo qual clamar a Deus e pedir que Ele o livre?

## SALMO 121 (Canção de peregrinos)
Lembrar que o meu socorro vem do SENHOR

**Olho para os montes e pergunto: "De onde virá o meu socorro?". O meu socorro vem do SENHOR Deus, que fez o céu e a terra. (vv.1-2)**

Enquanto nós ficamos cansados e precisamos dormir para ficar saudáveis, Deus nunca se cansa nem dorme. O Senhor está sempre cuidando de você. Faça do Salmo 121 a sua oração para Deus e peça que Ele seja o seu socorro e proteção.

### SALMO 122
(Canção de peregrinos — escrita por Davi)
Dar graças a Deus

Fiquei alegre quando me disseram: "Vamos à casa de Deus, o SENHOR". E agora aqui estamos, dentro de Jerusalém. Jerusalém é uma cidade construída de novo, onde o povo se reúne. Para cá sobem as tribos, as tribos de Israel, para dar graças ao SENHOR, como ele ordenou. (vv.1-4)

Davi disse que se alegrou quando foi chamado para ir à Casa do Senhor. Como você se sente sobre ir à igreja aos domingos para adorar a Deus? Quando sua mãe e seu pai chamam: "Está na hora da igreja", você se alegra em adorar o Altíssimo?

### SALMO 123
(Canção de peregrinos)
Orar pela misericórdia de Deus

Ó SENHOR Deus, levanto os olhos a ti, que tens o trono no céu. Como o escravo depende do seu dono e como as escravas dependem das suas donas, assim olhamos para ti, ó SENHOR, nosso Deus, esperando que tenhas compaixão de nós. (vv.1-2)

Nem sempre Deus responde imediatamente as nossas orações. Com frequência, Ele nos convida a esperar com paciência. O salmista escreve: "…olhamos para ti, ó SENHOR, nosso Deus, esperando que tenhas compaixão de nós". Você tem alguma oração que Deus ainda não respondeu? Caso tenha, ore novamente e espere que Deus o responda.

### SALMO 124
(Canção de peregrinos — escrita por Davi)
Lembrar que Deus é o nosso protetor

Que teria acontecido se o SENHOR Deus não estivesse do nosso lado? Responda, povo de Israel! O povo responde: "Se o SENHOR não estivesse do nosso lado quando os nossos inimigos nos atacaram, eles nos teriam engolido vivos; pois, furiosos, se voltaram contra nós. As águas nos teriam levado para longe, a enchente nos teria coberto, e teríamos morrido afogados na correnteza violenta". (vv.1-5)

Uma das melhores coisas que podemos fazer antes de ir à igreja no domingo é nos lembrar de tudo o que Deus fez por nós no passado. No próximo domingo pela manhã, tente pensar sobre todas as formas como o Senhor tem protegido você e vá para a igreja cheio de gratidão por toda ajuda que Deus tem lhe dado.

## SALMO 125
**(Canção de peregrinos)**
*Lembrar que Deus é o nosso protetor*

Aqueles que confiam em Deus, o SENHOR, são como o monte Sião, que não pode ser abalado, mas continua sempre firme. Como as montanhas estão em volta de Jerusalém, assim o SENHOR está ao redor do seu povo, agora e sempre. (vv.1-2)

Perceba que a força do povo descrito como uma montanha que não pode ser abalada (v.1) vem da presença do Senhor e de Seu poder (v.2). De qual dos dois grupos descritos no salmo você faz parte: aqueles que confiam em Deus ou os que abandonam os Seus caminhos?

## SALMO 126
**(Canção de peregrinos)**
*Regozije e se alegre*

Quando o SENHOR Deus nos trouxe de volta para Jerusalém, parecia que estávamos sonhando. Como rimos e cantamos de alegria! Então as outras nações disseram: "O SENHOR fez grandes coisas por eles!". De fato, o SENHOR fez grandes coisas por nós, e por isso estamos alegres. (vv.1-3)

Imagine como o povo de Judá ficou animado ao retornar para casa em Jerusalém depois de viverem cativos por 70 anos longe de sua terra. Em que áreas Deus está pedindo para você confiar nele e ser paciente para esperar que Ele o liberte de sua tribulação? Permita que o Salmo 126 fortaleça a sua fé.

# Olhando mais de perto

Em que você precisa da ajuda de Deus hoje? No que você precisará amanhã? Compartilhe o que há no seu coração com o Senhor agora. Ele é fiel. Escreva uma oração pedindo a Deus para ajudá-lo com algo que está tentando fazer. Certifique-se de também anotar como o Senhor respondeu essa oração e de agradecer a Ele.

# Precisamos da ajuda de Deus
## LEIA O SALMO 127

> Se o SENHOR Deus não edificar a casa,
>     não adianta nada trabalhar para construí-la.
> Se o SENHOR não proteger a cidade,
>     não adianta nada os guardas ficarem vigiando. (v.1)

Você já pediu a um adulto que o ajudasse a construir um forte ou uma casa de bonecas? As crianças amam construir coisas, mas é realmente difícil construir alguma coisa sozinho. Porém, assim que um adulto chega para ajudar, a construção é finalizada rapidamente!

O Salmo 127 nos lembra de que não podemos levar a vida por conta própria. Precisamos da ajuda de Deus. Ele fica feliz em nos ajudar e somente deseja que peçamos a Ele. O Senhor está pronto para nos auxiliar na escola, em casa ou quando brincamos. Deus ajuda mães e pais a criarem suas famílias e está ativamente ajudando pastores a edificarem a igreja. Se tentarmos fazer algo sem o Senhor, Salomão nos diz que trabalharemos em vão. Isso significa que não seremos muito bem-sucedidos. Quando tentamos agir sem Deus, você pode ter certeza de que Ele nos ensinará o quanto precisamos dele. Você consegue se lembrar de algum momento em que pediu a ajuda de Deus e Ele respondeu? Ele deu paz a você quando estava irritado? Ou acalmou o seu coração quando estava preocupado? Ele o consolou quando você estava triste? Pense em todas as maneiras como o Senhor ajudou você e certifique-se de agradecer a Ele.

# Os últimos sete passos
## LEIA OS SALMOS 128–134

O rei Salomão construiu o primeiro Templo em Jerusalém por volta de 950 anos antes de Jesus nascer. Levou sete anos para ser concluído. Quando o trabalho estava finalizado, a nuvem da glória de Deus desceu do Céu e encheu o local diante de todas as pessoas (1 Reis 8:11). Daí em diante, o povo viajava a Jerusalém três vezes ao ano para adorar no Templo (Deuteronômio 16:16), pois Deus habitava lá no meio do Seu povo. Trezentos e cinquenta anos depois, à medida que passaram as gerações, o povo de Israel tinha abandonado o Senhor para adorar os ídolos. Então, Deus enviou o rei Nabucodonosor para derrubar os muros de Jerusalém e destruir o Templo (Jeremias 52). O exército de Nabucodonosor capturou os israelitas e os levou para a Babilônia, onde eles viveram exilados, longe de suas casas, por 70 anos. Então Deus levantou homens como Neemias e Zorobabel para retornar a Jerusalém a fim de reconstruírem as muralhas da cidade e restaurar o Templo.

Imagine como seria para um garotinho ou garotinha retornar para casa e ver os homens construindo um novo Templo. Embora os Salmos 128 a 134 tenham sido escritos durante o período do primeiro Templo, foi durante os dias do Templo reconstruído que o povo de Israel cantou esses 15 salmos de subida à medida que percorriam os seus degraus. Embora o Templo tenha sido destruído mais uma vez depois que Jesus morreu, os 15 degraus ainda estão lá. Se você for a Jerusalém, ainda pode subi-los e cantar os salmos de oração e louvor a Deus.

### SALMO 128 (Canção de peregrinos)
**Feliz aquele que teme ao Senhor**

**Feliz aquele que teme a Deus, o SENHOR, e vive de acordo com a sua vontade! Se você for assim, ganhará o suficiente para viver, será feliz, e tudo dará certo para você. (vv.1-2)**

Temer a Deus significa honrá-lo e amá-lo acima de tudo mais. Quando você ama a Deus, você quer fazer tudo o que Ele ama. É isso o que chamamos de obediência. Jesus é o único ser humano que já temeu a Deus de todo o Seu coração, alma e mente. Essa é uma boa notícia para nós quando falharmos. Como Jesus morreu pelos nossos pecados, podemos confiar em Seu perfeito histórico. Reveja o Salmo 128 e faça uma lista de todos os benefícios que recebemos por temermos ao Senhor.

# Feliz é aquele que teme ao SENHOR, e vive de acordo com a sua vontade!

Salmo 128:1

## SALMO 129 (Canção de peregrinos)
### O Senhor é o nosso justo protetor

**Porém o SENHOR, que é justo,
nos livrou do domínio deles. (v.4)**

É bom falar honestamente de nossos problemas quando oramos a Deus. Usando o Salmo 129 como exemplo, compartilhe em oração seus desafios e lutas com Deus. Então declare sua confiança no livramento do Senhor.

## SALMO 130 (Canção de peregrinos)
### Coloque a sua esperança no Senhor

**Povo de Israel, ponha a sua esperança em Deus, o SENHOR, porque o seu amor é fiel, e ele sempre está disposto a salvar. (v.7)**

Satanás tenta nos condenar por nossos pecados para que nos afastemos de Deus. Mas, vez após vez, vemos os salmistas confessarem seu pecado a Deus e, então, lembrarem a si mesmos de que o Senhor é misericordioso e perdoador. Volte-se para o Altíssimo, confesse o seu pecado e peça que Deus perdoe você.

## SALMO 131 (Canção de peregrinos — escrita por Davi)
### Esperança no Senhor para todo o sempre

**Povo de Israel, ponha a sua esperança em Deus, o SENHOR, agora e sempre! (v.3)**

Nossa esperança está somente em Deus. O salmista nos diz que a nossa esperança está no Senhor agora e sempre! Quando você acordar amanhã de manhã, peça a Deus que o ajude a colocar toda a sua confiança nele.

## SALMO 132 (Canção de peregrinos)
### Deus cumpre Suas promessas

**Ó SENHOR Deus, fizeste uma promessa ao teu servo Davi; portanto, não rejeites o rei que escolheste. Tu não voltarás atrás neste juramento que fizeste a Davi: "Farei com que um dos seus filhos seja rei, e ele reinará depois de você. Se os filhos de você forem fiéis à minha aliança e aos mandamentos que lhes dei, também os filhos deles sempre serão reis". (vv.10-12)**

Leia este capítulo e perceba como Jesus cumpre Suas promessas nesse salmo. Então louve a Deus, usando as palavras do Salmo 132, por Sua salvação através de Cristo.

## SALMO 133 (Canção de peregrinos — escrita por Davi)
### Ore por unidade

**Como é bom e agradável que o povo de Deus viva unido como se todos fossem irmãos! É como o azeite perfumado sobre a cabeça de Arão, que desce pelas suas barbas e pela gola do seu manto sacerdotal. É como o orvalho do monte Hermom, que cai sobre os montes de Sião. Pois é em Sião que o SENHOR Deus dá a sua bênção, a vida para sempre. (vv.1-3)**

A unidade é tão importante para Deus que Ele nos diz para darmos prioridade a ela em vez da nossa adoração (Mateus 5:23-24). Existe algum relacionamento tenso ou rompido em sua vida? Caso haja, busque uma oportunidade para se reconciliar com seu irmão ou irmã.

## SALMO 134 (Canção de peregrinos)
### Bendiga ao Senhor e adore-o

**Venham e louvem a Deus, o SENHOR, todos os seus servos, todos os que de noite servem no seu Templo! Levantem as mãos em oração no Templo e louvem o SENHOR! Que de Jerusalém o SENHOR Deus, que fez o céu e a terra, abençoe vocês! (vv.1-3)**

Esse último salmo de peregrinação convoca todos os que serviam como vigias no Templo durante as vigílias da noite a bendizer ao Senhor. Nós também devemos adorar a Deus em todo tempo. Nós o louvamos aos domingos, mas também quando trabalhamos ou nos divertimos. Qualquer hora é um bom momento para adorar o Senhor!

...ponha a sua **esperança** no SENHOR porque o seu amor é fiel, e ele sempre está disposto a salvar.

Salmo 130:7

# Lembre-se e espere no Senhor
## LEIA OS SALMOS 135–137

Os Salmos nos ensinam a como lutar contra a preocupação, o medo e a dúvida. Comece lembrando-se de como Deus já o ajudou em dias passados e então lembre a si mesmo da Sua grandiosa presença, Seu poder e amor inabalável e coloque a sua esperança nele. É dessa forma que os salmistas encorajaram Israel. Aquele povo atravessou e venceu tempos difíceis cantando os hinos que recontavam a história de como Deus salvou o Seu povo. Aqui, bem no meio do último livro de Salmos, o editor nos dá três cânticos históricos que celebram o que Deus tem feito e nos lembram da Sua grandeza.

Cante o Salmo 135 para se lembrar de como Deus é poderoso. Ele controla os relâmpagos e o vento. O Senhor é mais poderoso do que reis e nações. Em seguida, lembre-se, mais uma vez, de que o amor de Deus é inabalável — isso significa que esse sentimento é tão forte que não pode ser alterado, e o Seu amor dura para sempre. O Salmo 136 repete essa verdade 26 vezes! O Salmo 137 relembra os dias terríveis quando o povo de Israel era cativo na Babilônia e clamava a Deus para julgar seus inimigos.

## Salmo 135
**Lembrar que Deus é Todo-poderoso**

Eu sei que o SENHOR é grande; o nosso Deus está acima de todos os deuses. O SENHOR faz o que quer, tanto no céu como na terra, tanto nos mares como nos oceanos profundos. Dos fins da terra, ele traz as nuvens, prepara os relâmpagos para as tempestades e faz com que o vento saia dos seus depósitos. (vv.5-7)

Lembrar-se dos feitos poderosos do Senhor nos ajuda a edificar a nossa fé para confiar em Deus durante as lutas momentâneas. De que maneira o Salmo 135 o ajuda a confiar no Senhor quando você enfrenta desafios?

## Salmo 136
**Lembrar que o amor de Deus é eterno**

Ele pôs a terra sobre as águas profundas; o seu amor dura para sempre. Ele fez o sol e a lua; o seu amor dura para sempre. Fez o sol para governar o dia; o seu amor dura para sempre. Fez a lua e as estrelas para governarem a noite; o seu amor dura para sempre. Em cada lar dos egípcios, Deus matou o primeiro filho; o seu amor dura para sempre. Ele tirou do Egito o povo de Israel; o seu amor dura para sempre. Ele os tirou com a sua mão forte e com o seu braço poderoso; o seu amor dura para sempre. Ele dividiu o mar Vermelho em duas partes; o seu amor dura para sempre. (vv.6-13)

Memorize o refrão: "o seu amor dura para sempre". Liste cinco coisas que Deus tem feito por você. Depois de escrever cada uma delas, recite o refrão como uma oração de gratidão e louvor a Deus.

## Salmo 137
**Nunca se esqueça de Deus**

Que nunca mais eu possa tocar harpa se esquecer de você, ó Jerusalém! Que nunca mais eu possa cantar se não lembrar de você, se não pensar em você como a maior alegria da minha vida! (vv.5-6)

Os músicos do Templo do Senhor nunca se esqueceram das canções que entoavam no Templo em Jerusalém ao longo dos 70 anos de cativeiro na Babilônia (veja Esdras 3:10). Não importa a tribulação que você enfrentar, leve os Salmos com você. Ore para que Deus o ajude a nunca se esquecer de louvá-lo.

# Aonde posso ir a fim de escapar do teu Espírito?

Para onde posso fugir
da tua presença?

Salmo 139:7

# Os últimos salmos do rei Davi
## LEIA OS SALMOS 138–144

Os Salmos 138 a 145 formam a coleção final das canções do rei Davi. Poucos homens confiaram em Deus em meio à dificuldade mais do que o rei Davi. Suas canções nos lembram de que o Senhor responde as nossas orações (Salmo 138:3), que Ele está sempre conosco (Salmo 139:7), nos protege no dia da batalha (Salmo 140:7), pode nos guardar do mal (Salmo 141:4), é o nosso refúgio (Salmo 142:5; 144:1-2) e preserva a nossa vida em tempos de dificuldade (Salmo 143:11). Embora o livro de Salmos termine com uma celebração cheia de alegria, esses últimos lamentos nos lembram de que ainda teremos provações na vida até o grande fim quando Jesus retornar. Deus nos deu os Salmos para nos ajudar em nossas batalhas. Qual dos salmos é uma oração útil para você?

## SALMO 138
### Deus responde nossas orações

**Ó SENHOR Deus, eu te agradeço de todo o coração; diante de todos os deuses eu canto hinos de louvor a ti. Por causa do teu amor e da tua fidelidade, eu me ajoelho virado para o teu santo Templo e dou graças a ti. Pois tens mostrado que o teu nome e as tuas promessas estão acima de tudo. Quando te chamei, tu me respondeste e, com o teu poder, aumentaste as minhas forças. (vv.1-3)**

Apesar de os problemas de Davi não terem desaparecido, ele creu que Deus andava com ele (v.7). O que mais o consola no Salmo 138? Como você pode usá-lo como uma oração a Deus durante um momento difícil, confiando que o Senhor o ajudará e o livrará?

## SALMO 139
### Deus está sempre conosco

**Aonde posso ir a fim de escapar do teu Espírito? Para onde posso fugir da tua presença? Se eu subir ao céu, tu lá estás; se descer ao mundo dos mortos, lá estás também. Se eu voar para o Oriente ou for viver nos lugares mais distantes do Ocidente, ainda ali a tua mão me guia, ainda ali tu me ajudas. (vv.7-10)**

Deus conhece os nossos pensamentos e observa todos os nossos caminhos. Nenhum de nós pode se esconder ou fugir dele. Aonde quer que você vá, o Senhor estará lá também. Essa verdade serve de consolo e de aviso. Existe algo em sua vida que você está tentando ocultar de Deus? Confesse o seu pecado escondido e corra para Ele.

## SALMO 140
### Deus nos protege no dia da batalha

**Eu digo ao SENHOR: "Tu és o meu Deus". Ó SENHOR, escuta o meu pedido de ajuda! Ó SENHOR, meu Deus e meu Salvador, tu me protegeste na batalha. Não dês aos maus o que eles querem, ó SENHOR! Não deixes que os seus planos perversos se realizem. (vv.6-8)**

Ainda que não haja homens violentos caçando você, todos nós, de vez em quando, enfrentamos desafios que nos causam medo. Com quais medos você tem lutado? Separe um momento e use o Salmo 140 para orientar a sua oração pedindo ajuda para confiar no Senhor em meio aos seus temores.

## SALMO 141
### Deus pode nos guardar do mal

**Ó SENHOR, controla a minha boca e não me deixes falar o que não devo! Não permitas que o meu coração deseje fazer o mal, nem que eu ande com os que são perversos ou tome parte na maldade deles. E que eu nunca esteja presente nas suas festas! (vv.3-4)**

Como parte da *Oração do Pai Nosso*, Jesus disse que devemos pedir a Deus: "não deixes que sejamos tentados" (Mateus 6:13). Esse é o tema do Salmo 141. Tendo esse capítulo como guia, peça a Deus que o ajude a dizer "não" ao pecado e à tentação. Peça ao Senhor que o ajude a viver por Ele.

## SALMO 142
### Deus é o nosso refúgio

**Ó SENHOR, eu grito pedindo a tua ajuda. Ó Deus, tu és o meu protetor, és tudo o que desejo nesta vida. Escuta o meu grito pedindo socorro, pois estou caindo no desespero. Salva-me dos meus inimigos, pois eles são fortes demais para mim. (vv.5-6)**

Quando Davi está em dificuldade, ele sabe que pode correr para Deus. Não tem medo de fazer sua queixa ao Senhor (v.2), mas faz isso de modo respeitoso, declarando a sua confiança em Deus (v.5). Esse é um modelo que você pode seguir em suas orações.

## SALMO 143
### Deus protege a nossa vida em tempos de adversidade

**Conserva-me vivo, ó SENHOR, como prometeste! E, porque és bom, livra-me das minhas aflições. Mata os meus inimigos, pois tens amor por mim; acaba com todos os que me perseguem, pois eu sou teu servo. (vv.11-12)**

Acrescente as seguintes frases à sua oração esta manhã. Comece com: "Ó SENHOR Deus, ouve a minha oração!" (v.1) e termine dizendo: "Ó SENHOR Deus, responde-me depressa" (v.7). Que consolo saber que Deus quer que oremos dessa forma! Por que mais Ele nos daria esses salmos?

## SALMO 144
### Deus é o meu ajudador e a minha força

**Louvem o SENHOR Deus, a minha rocha; ele me prepara para a batalha e me ensina a combater. Ele é a minha rocha e a minha fortaleza, o meu abrigo e o meu libertador. Ele me defende como um escudo, e eu confio na sua proteção. Ele põe as nações debaixo do meu poder. (vv.1-2)**

O Salmo 18 é parecido com este. Compare os dois e perceba no que eles são iguais e no que são diferentes. Podemos nos voltar ao Senhor constantemente com as mesmas orações que oramos ontem sem nos preocupar se Ele nos rejeitará.

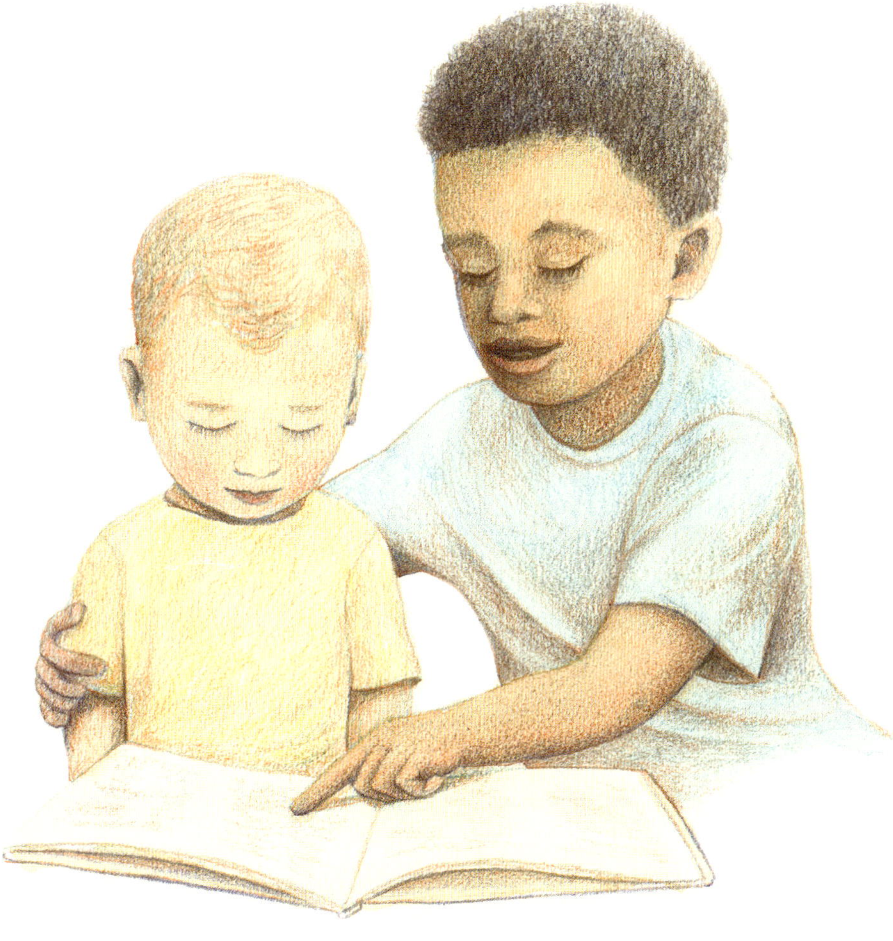

# De geração a geração
## LEIA O SALMO 145

> Ó Deus, cada geração anunciará à seguinte as coisas que tens feito, e todos louvarão os teus atos poderosos. (v.4)

Qualquer pessoa tem idade suficiente para contar aos outros sobre Deus. Até mesmo as crianças podem contar às outras sobre o Senhor. Você tem irmão ou irmã mais novos? Se tem, você pode falar a eles sobre as boas obras de Deus, assim como os seus pais compartilham com você. Contar uns aos outros é a maneira pela qual Deus planejou que a Sua Palavra se espalhasse. É isso o que Davi anuncia no Salmo 145. Ele afirma: "cada geração anunciará à seguinte as coisas que tens feito, e todos louvarão os teus atos poderosos". Então, o salmo inteiro é uma lista de maneiras que Davi tem visto Deus abençoar Seu povo. Ele nos fala que Deus faz "coisas maravilhosas" e "atos poderosos" (vv.4-6), que "O SENHOR é bom e cheio de compaixão; ele demora a ficar irado e tem sempre muito amor" (v.8). O salmista sabia que as palavras que ele tinha escrito ajudariam seus filhos e netos a aprenderem sobre Deus.

## Olhando mais de perto

E quanto a você? O que Deus tem feito por sua vida? A quem você pode dizer o que o Senhor tem feito em seu favor? Se você não consegue pensar em nada, conte a alguém sobre Deus baseado nas histórias bíblicas que você conhece. Compartilhe com os outros sobre Jesus e tudo o que Ele tem feito.

# Temos mais razões para louvar
## LEIA OS SALMOS 146–149

O editor que reuniu os Salmos terminou a coleção com mais cinco salmos de Aleluia. Todas essas cinco canções de louvor começam e terminam com a palavra hebraica *Aleluia* ("Louve ao SENHOR", em português). Enquanto lemos esses cânticos, devemos nos lembrar de que temos mais razões para louvar. Lá atrás, quando esses hinos foram escritos, as pessoas aguardavam que a salvação viesse. Jesus ainda não tinha nascido. Elas só podiam esperar pelo dia quando Deus salvaria o Seu povo. Nossas vozes, então, devem soar mais alto porque cantamos sabendo que somos salvos. Jesus já veio! O Salmo 146 se inicia com esse chamado: "Não confiem em príncipes, em meros mortais, incapazes de salvar" (v.3 NVI). Se não é possível colocar a sua confiança em um rei humano, como pode a promessa de Deus a Davi a respeito de um trono eterno se cumprir um dia? A resposta, é claro, se encontra em Jesus. Ele é o filho prometido de Davi (Salmo 132:10-12) que assumiu o trono e agora reina para sempre (Salmo 146:10).

Jesus é o único Príncipe que pode nos salvar. Então, enquanto lemos esses últimos cinco salmos, devemos bradar mais alto do que qualquer israelita daquele tempo. Assim, levante a sua voz e grite: "Aleluia, louve ao SENHOR!".

## SALMO 146
### Louve ao Senhor, que permanece fiel eternamente

"Aleluia! Louve, ó minha alma, o SENHOR. Louvarei o SENHOR por toda a minha vida; cantarei louvores ao meu Deus enquanto eu viver. Não confiem em príncipes, em meros mortais, incapazes de salvar. Quando o espírito deles se vai, eles voltam ao pó; naquele mesmo dia acabam-se os seus planos. Como é feliz aquele cujo auxílio é o Deus de Jacó, cuja esperança está no SENHOR, no seu Deus, que fez os céus e a terra, o mar e tudo o que neles há, e que mantém a sua fidelidade para sempre!" (vv.1-6 NVI)

Qual das razões para adorar citadas no Salmo 146 é a melhor para louvar a Deus? Qual delas faz você querer louvar o Senhor? Separe um tempo para oferecer uma oração de louvor a Deus com suas próprias palavras.

*Louve ao SENHOR!*

## SALMO 147
### Louve ao Senhor, que cura os de coração quebrantado

Aleluia! É bom cantar louvores ao nosso Deus; é agradável e certo louvá-lo. O SENHOR Deus está construindo de novo Jerusalém; ele está trazendo de volta o seu povo, que foi levado como prisioneiro para outro país. Ele cura os que têm o coração partido e trata dos seus ferimentos. (vv.1-3)

Imagine tentar nomear algumas centenas de estrelas que você consegue enxergar no céu à noite. O Senhor conhece cada uma das trilhões e trilhões de estrelas pelo nome. Louve a Deus por Sua maravilhosa criação e Seu extraordinário poder de criar tudo o que vemos à nossa volta.

## SALMO 148
### Que todos e tudo louvem ao Senhor

Louve o SENHOR, tudo o que existe na terra: monstros do mar e todas as profundezas do oceano! Louvem o SENHOR, relâmpagos e chuva de pedra, neve e nuvens, e ventos fortes, que obedecem à sua ordem! Louvem o SENHOR, colinas e montanhas, florestas e árvores que dão frutas! Louvem o SENHOR, todos os animais, mansos e selvagens! Louvem o SENHOR, passarinhos e animais que se arrastam pelo chão! Louvem o SENHOR, reis e todos os povos, governantes e todas as outras autoridades! Louvem o SENHOR, moços e moças, velhos e crianças! Que todos louvem a Deus, o SENHOR, porque ele é superior a todos os outros deuses! A sua glória está acima da terra e do céu. Ele fez com que a sua nação ficasse cada vez mais forte, e por isso o louvam todos os seus servos fiéis, o povo de Israel, a quem ele tanto ama. Aleluia! (vv.7-14).

Zacarias, o pai de João Batista, profetizou que Deus enviaria um poderoso Salvador e que seu filho, João, prepararia o caminho para Jesus (Lucas 1:68-69). De que forma saber disso nos ajuda a entender o versículo 14 do Salmo 148?

> *Aleluia! Que todo o meu ser te louve, ó SENHOR!*
>
> Salmo 146:1

## SALMO 149
### Louve ao Senhor, que nos salva

Aleluia! Cantem a Deus, o SENHOR, uma nova canção. Louvem a Deus na reunião dos seus servos fiéis. Alegre-se, ó povo de Israel, por causa do seu Criador! Fique contente, ó povo de Jerusalém, por causa do seu Rei! Louvem a Deus, o SENHOR, com danças e, em seu louvor, toquem pandeiros e liras. Pois o SENHOR está contente com o seu povo; ele dá aos humildes a honra da vitória. (vv.1-4)

Mais uma vez, o salmista nos convida a cantar uma nova canção ao Senhor. Assim como os escritores dos Salmos fizeram, podemos colocar música em nossas orações. Deus não se importa se as nossas canções têm rima e Ele não julga as nossas vozes ou nossa melodia. Experimente cantar suas orações a Deus ou criar sua própria canção de louvor para agradecê-lo.

# Hora de festejar!
## LEIA O SALMO 150

**Todos os seres vivos, louvem o SENHOR!**
  **Aleluia! (v.6)**

O Salmo 150 é uma grande festa. Só existe uma forma de finalizar um livro tão maravilhoso. Precisamos dançar e cantar louvores a Deus. Precisamos adorar ao Senhor com trombetas, violões, violinos e pratos sonoros. A partir do momento em que você aprende como Deus é maravilhoso, não pode guardar isso para si mesmo. Você precisa bradar o louvor dele e celebrar! Todos são convidados para a festa. "Todos os seres vivos, louvem o SENHOR!"

A melhor razão para louvar a Deus é que Ele enviou Seu Filho Jesus para morrer na cruz pelos nossos pecados a fim de que pudéssemos ser perdoados. Jesus é Aquele que teve a vida perfeita do Salmo 1 e que morreu em nosso lugar no Salmo 22. Aprendemos que Ele é o Rei eterno no Salmo 45 e para sempre sacerdote no Salmo 110. Aprendemos no Salmo 127 que não podemos viver por conta própria. No Salmo 23, aprendemos que Deus é o nosso Bom Pastor que está sempre conosco e pronto a nos ajudar. Depois de aprender tudo isso (e muito mais!), é tempo de celebrar e adorar.

Permita que o louvor preencha todo o seu respirar — que adentre cada pensamento, palavra ou conversa. Leve as orações e a adoração dos Salmos consigo aonde quer que você vá. Deixe que elas guiem suas próprias orações e louvor. Que tudo em seu viver adore ao Senhor!

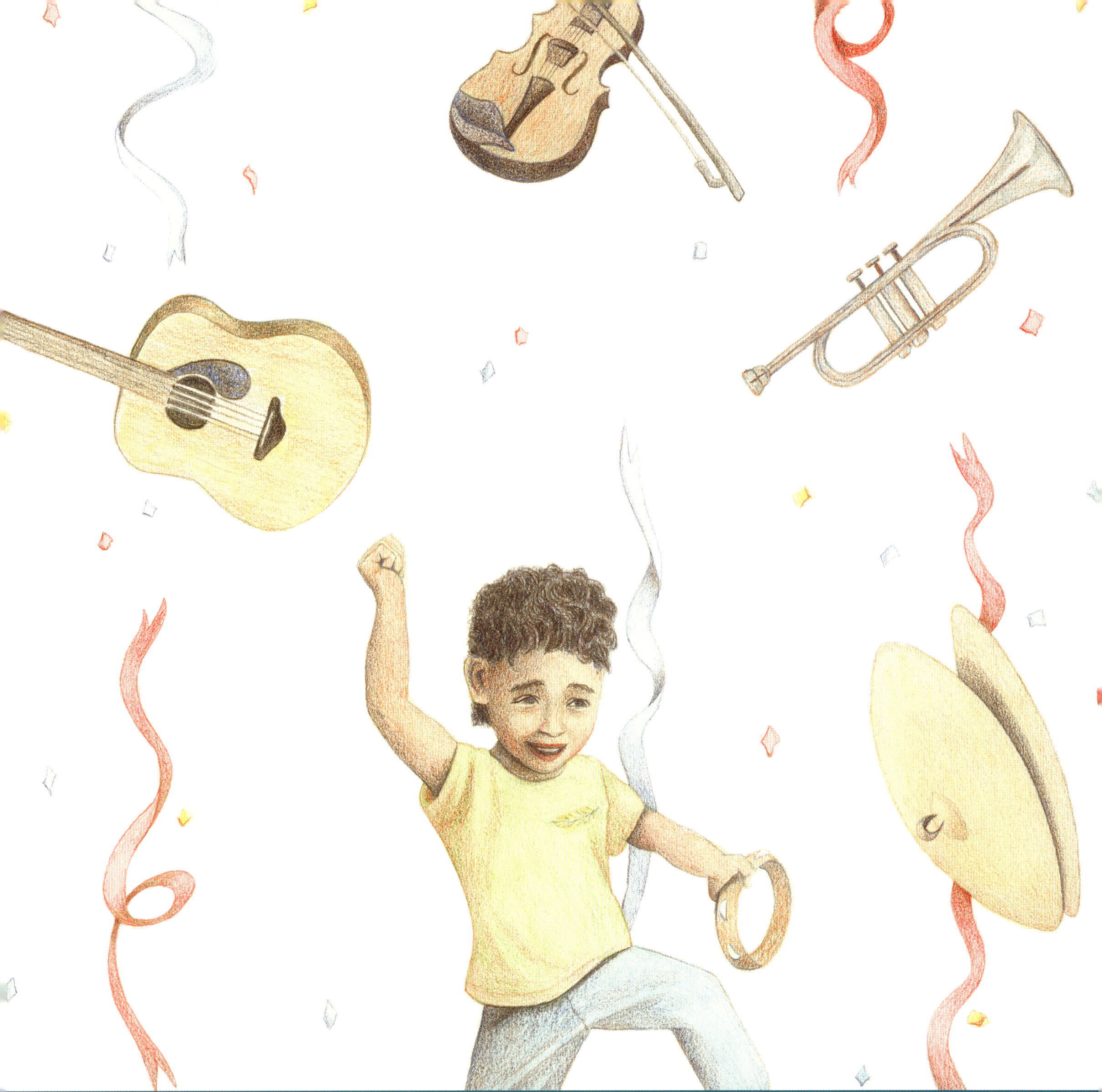

Conclusão
# A história de Oliver

## Um presente para outros

De volta à fazenda, Oliver fechou o livro chamado *Maravilhoso: Descobrindo Jesus nos Salmos*. Ele escreveu um pequeno bilhete em um pedaço de papel e dobrou em cima da capa. Ali dizia: "Um presente para outros". Então colocou o livro de volta na prateleira. Oliver olhou para fora da janela. Ele viu a fileira de árvore carmesim que seguia por metros. Viu os bordos e o antigo carvalho. Oliver amava aquela fazenda! Ele amava todas as memórias e tudo o que Deus havia feito no meio deles. Ele desejava continuar o legado de vovô. Então orou com base no Salmo 96: "Ajuda-me a contar às nações sobre a Tua glória. Ajuda-me a contar a todas as pessoas sobre as coisas maravilhosas que o Senhor tem feito" (v.3). Ele planejava, um dia, ler o livro favorito de vovô para seu filho, debaixo do mesmo antigo carvalho.

**Maravilhoso**
Machowski

Um presente para OUTROS

Marty Machowski
Andy McGuire

APÊNDICE

# Aprofundando-se

## UM ESTUDO MARAVILHOSO DE 25 SALMOS

**Livro 1** (Salmos 1, 2, 14, 22, 32) . . . . . . . . . . . 191
**Livro 2** (Salmos 42, 43, 50, 52, 72) . . . . . . . . . 196
**Livro 3** (Salmos 73, 74, 77, 78, 80) . . . . . . . . 201
**Livro 4** (Salmos 90, 91, 100, 101, 103) . . . . . . 206
**Livro 5** (Salmos 107, 109, 110, 127, 150) . . . . . 211

Existe tanto para estudar no livro de Salmos! Pensamos que você poderia gostar de aprender um pouco mais sobre alguns deles. O seguinte estudo mergulha um pouco mais fundo em cinco salmos de cada um dos seus cinco sublivros. Para cada um desses 25 salmos, providenciamos um ensinamento-chave para você relembrar e aplicar a outros salmos. Nós trouxemos também uma pergunta. Leia primeiro as questões, em seguida o salmo e veja se consegue respondê-las sozinho, antes de ler a resposta indicada na sequência. Esperamos que você continue lendo, estudando e memorizando os Salmos para extrair seus tesouros até o fim de sua vida.

## CINCO SALMOS DO LIVRO 1

# Salmo 1

### IDEIA CENTRAL:
A introdução de um livro é sempre importante.

### QUESTÃO PARA RESPONDER:
Como o Salmo 1 prepara o cenário para o restante do livro?

Deus é o centro de todos os salmos. O Salmo 1 é um convite para se alegrar no Senhor e viver por Ele. Trata-se de um apelo para abandonar os pecados do mundo e estudar a Palavra de Deus. O restante dos salmos nos ajuda a cumprir esse chamado. Mas temos um problema: nenhum de nós é capaz de seguir o chamado dos dois primeiros versículos do Salmo 1. Somos todos pecadores que abandonam a direção de Deus e seguem o próprio caminho. Ferimos as outras pessoas. Machucamos a nós mesmos. Não somos "como árvores que crescem na beira de um riacho". Somos como uma árvore murchando na seca.

Então, quem pode nos salvar? A boa-nova é que Jesus cumpriu o chamado do Salmo 1. Ele teve prazer na Lei de Deus e a obedeceu completamente. Embora nós não estejamos à altura do Senhor, todo aquele que tem fé em Jesus recebe o Seu legado perfeito e as bênçãos que provêm dele. É assim que podemos nos tornar "árvores que crescem na beira de um riacho". Apesar de cometermos erros e pecados, o juízo de Deus nunca nos levará como a palha. Por quê? Jesus perdoa o nosso pecado e nos dá Sua perfeita obediência. Quando você crê em Jesus e tem fé na morte dele na cruz para remover o seu pecado, Ele envia o Espírito Santo para viver em seu coração e ajudá-lo a amar, obedecer e viver como uma árvore junto ao ribeiro de água e dar bons frutos. Deus também promete escrever a Lei dele sobre o coração de todos aqueles que se voltam para Jesus e creem (Jeremias 31:33). Que grande maneira de começar esse livro maravilhoso!

# Salmo 2

### IDEIA CENTRAL:
Ao ler os Salmos, procure por conexões com o Novo Testamento.

### QUESTÃO PARA RESPONDER:
De que forma a história do rei Herodes se assemelha bastante aos três primeiros versículos do Salmo 2?

Novecentos anos antes do nascimento de Cristo, o Espírito Santo falou por intermédio do rei Davi para escrever o Salmo 2 (Atos 4:25). Pedro citou o versículo 7 e disse que era uma profecia a respeito de Jesus e Sua ressurreição (Atos 13:33). Olhando um pouco atrás, podemos também ver como os versículos 2 a 4 apontam para Jesus no futuro. Não muito depois de Jesus nascer, os sábios trouxeram a notícia do Seu nascimento ao rei Herodes. Ele pediu que lhe dessem retorno assim que encontrassem o menino. Mas os sábios não fizeram conforme Herodes queria. "Quando Herodes viu que os visitantes do Oriente o haviam enganado, ficou com muita raiva e mandou matar, em Belém e nas suas vizinhanças, todos os meninos de menos de dois anos. Ele fez isso de acordo com a informação que havia recebido sobre o tempo em que a estrela havia aparecido" (Mateus 2:16). Deus Pai protegeu Seu Filho, avisando a José para levá-lo em segurança para o Egito até que Herodes morresse (Mateus 2:19). Quando chegou a hora de iniciar o Seu ministério, no dia do batismo de Jesus, Deus Pai cumpriu o decreto profetizado no versículo 7 dizendo: "Este é o meu Filho querido, que me dá muita alegria!" (Mateus 3:17).

# Salmo 14

### IDEIA CENTRAL:
Preste atenção ao modo como os autores do Novo Testamento aplicaram os Salmos.

### QUESTÃO PARA RESPONDER:
Como Paulo usa o Salmo 14 em Romanos 3:9-12?

Os escritores do Novo Testamento geralmente citavam passagens dos Salmos e as usavam para ajudar a explicar o evangelho. No livro de Romanos, o apóstolo Paulo queria ajudar os judeus em Roma a compreender que eles eram pecadores, assim como os gentios (todos que não fossem judeus). Paulo queria se certificar de que os judeus entendessem que também eram pecadores, que precisavam que Jesus os salvasse de seus pecados. Alguns dos judeus eram tentados a pensar que eram melhores do que os gentios. Paulo deixa claro que ninguém é bom ou pode ser bom separado de Jesus. Somos todos pecadores que precisam do Salvador.

Ao citar o Salmo 14, ele estava usando uma parte das Escrituras que eles conheciam para defender seu ponto de vista. Isso os ajudaria a aceitar a mensagem que Paulo pregava. E quanto a nós? Somos todos pecadores também? O Salmo 14 e Romanos 3 são claros: "Não há uma só pessoa que faça o que é certo". Somos todos pecadores que precisam ser salvos da punição merecida pela nossa rebelião contra Deus.

Porém, assim como o editor do livro dos Salmos incluiu o Salmo 16 para dar boas notícias, o apóstolo Paulo prossegue para explicar as boas-novas em Romanos 3:21-26. Nossa justiça vem de crer em Jesus Cristo. A nossa fé nos salva, não as nossas obras. Então, assim como Davi disse, devemos nos refugiar em Jesus, pois não temos bem algum longe dele (Salmo 16:1-2).

# Salmo 22

**IDEIA CENTRAL:**
Procure conexões dos Salmos com a cruz.

**QUESTÃO PARA RESPONDER:**
De que maneiras o Salmo 22 é uma profecia que nos fala sobre a morte de Jesus na cruz?

"Todos os que me veem caçoam de mim…" (Salmo 22:7; Mateus 27:30-31,41).

"…balançando a cabeça, lançam insultos contra mim" (Salmo 22:7 NVI; Mateus 27:39).

"Você confiou em Deus, o SENHOR; então por que ele não o salva?…" (Salmo 22:8; Mateus 27:43).

"…a minha língua gruda no céu da boca" (Salmo 22:15; João 19:28).

"Um bando de marginais está me cercando" (Salmo 22:16; Mateus 27:41).

"…e rasgam as minhas mãos e os meus pés" (Salmo 22:16; João 19:18; 20:25).

Muito embora o Salmo 22 tenha sido escrito mil anos antes de Jesus nascer, ele descreve a crucificação de Cristo tão bem que você poderia pensar que foi escrito após a Sua morte. A Bíblia nos conta que os detalhes da cruz aconteceram de acordo com o plano de Deus (Atos 2:23). Compare o versículo 18 com o evangelho de João:

"Depois que os soldados crucificaram Jesus, pegaram as roupas dele e dividiram em quatro partes, uma para cada um. Mas a túnica era sem costura, toda tecida numa só peça de alto a baixo. Por isso os soldados disseram uns aos outros: — Não vamos rasgar a túnica. Vamos tirar a sorte para ver quem fica com ela. Isso aconteceu para que se cumprisse o que as Escrituras Sagradas dizem: 'Repartiram entre si as minhas roupas e fizeram sorteio da minha túnica'. E foi isso o que os soldados fizeram" (João 19:23-24).

Aqui temos outros versículos que descrevem diretamente a morte de Jesus na cruz:

Os golpes que Jesus suportou drenaram Suas forças como um pedaço de pote de argila quebrado (Salmo 22:15), e Ele perdeu tanta água que era possível contar suas costelas (Salmo 22:17). Os governantes religiosos abriram suas bocas como leões (Salmo 22:13) para zombar do Filho de Deus enquanto se regozijavam e olhavam para Ele, tendo prazer no Seu sofrimento (Salmo 22:17).

Embora os soldados tenham causado um terrível sofrimento a Jesus, a parte mais dolorosa da cruz para Ele foi quando Deus, Seu Pai, deixou de ajudar o Seu único Filho e, em vez disso, o julgou culpado por nosso pecado. Jesus, que nunca pecou, levou sobre si o pecado de todos aqueles que Deus chamou para serem Seus filhos e filhas — todos nós que um dia colocaríamos a nossa confiança em Jesus. Deus, o Pai, puniu Seu Filho unigênito em nosso lugar.

Embora Davi tenha escrito o Salmo 22 sobre as provações de sua vida, quando lemos o Salmo 22, vemos nele a história da cruz.

# Salmo 32

**IDEIA CENTRAL:**
Aprenda a identificar um salmo penitencial.

**QUESTÃO PARA RESPONDER:**
O que é um salmo penitencial?

O Salmo 32 é um salmo penitencial. A palavra *penitência* significa expressar arrependimento ou tristeza pelos próprios pecados (o ato de infringir os mandamentos de Deus). Um salmo penitencial demonstra o lamento do autor por suas transgressões. Esses salmos geralmente incluem uma confissão e promessa de mudança ou abandono do erro. Existem 7 salmos penitenciais: 6, 32, 38, 51, 102, 130 e 143.

Nesse salmo, Davi nos conta que, enquanto ele escondeu o seu pecado — "não confessei" (v.3) —, ele não parava de pensar no que tinha feito, e isso o incomodava dia e noite (v.4). O rei disse que isso fazia com que ele se sentisse horrível por dentro, como se os seus ossos estivessem envelhecendo (v.3 ARC). Mas, quando Davi confessou o seu pecado e não o encobriu, Deus o perdoou, e a sua angústia se transformou em bênção (vv.1-2). Não podemos fazer nosso pecado ir embora mentindo ou fingindo que ele não existe. Mas o Senhor pode cobrir o nosso pecado com o Seu perdão se o expomos, confessamos e pedimos a Deus que nos perdoe. E quanto a você? Como se sente ao tentar esconder o seu pecado? Escondê-lo nunca o faz desaparecer. Somente o perdão pode nos limpar das nossas falhas.

Davi nos recomenda ouvir o que ele diz e não ser "como o cavalo ou a mula", que não possuem entendimento. Esses animais "precisam ser guiados com cabresto e rédeas para que obedeçam" (v.9), pois não sabem como agir corretamente. Precisamos ouvir com atenção e pedir ao Espírito Santo que nos ajude a colocar em prática o que Davi disse. Devemos confessar nossos pecados e trazê-los à luz para sermos perdoados. Uma vez que entregamos a nossa vida a Jesus, não precisamos ter medo do juízo visto que o sacrifício do Filho de Deus cobre os nossos pecados. Sabemos que, quando confessamos o nosso pecado, Ele nos perdoa (1 João 1:9). Sigamos este conselho de Davi: "Por isso, nos momentos de angústia, todos os que são fiéis a ti devem orar…" (v.6) e confessemos nossos pecados a Deus em nossas orações. Então, agradeçamos ao Senhor pelo perdão que Ele nos oferece livremente em Jesus.

CINCO SALMOS DO LIVRO 2

# Salmo 42

### IDEIA CENTRAL
Não evite o que você não entende, estude.

### QUESTÃO PARA RESPONDER
Quem foi Corá e quem eram seus filhos?

Embora muitos tenham ouvido falar do rei Davi e de seu filho Salomão, poucos estão familiarizados com os filhos de Corá. Apesar disso, eles são autores de mais de dez salmos: 42, 44 a 49, 85, 87 e 88.

Você pode ler a história de Corá em Números 16. A ele foi dada a honra de carregar a Arca do Senhor — o próprio lugar em que a presença de Deus habitava. Mas Corá reclamou. Ele se rebelou contra Deus e Moisés, e ele e sua família foram engolidos pela terra e destruídos. Porém, as Escrituras revelam que os filhos de Corá foram poupados (Números 26:10-11).

Embora Corá não se importasse com a presença de Deus, um de seus descendentes distantes, o autor desse salmo, ansiava por ela e queria estar perto do Senhor. E quanto a você? Anseia estar perto de Deus? Nosso coração pecaminoso quer nos afastar dele, mas o Senhor está sempre chamando e nos atraindo para adorá-lo. Ore e escute. Você consegue ouvir a voz de Deus que o chama para crer?

O autor do Salmo 42 usou a imagem de um cervo sedento para descrever o seu anseio por adorar a Deus no Templo em Jerusalém, onde ele sabia que a presença de Deus habitava. O filho (ou filhos) de Corá que escreveu esse salmo estava longe daquela cidade, mas desejava retornar para lá e adorar a Deus (v.2). Pense na grande diferença entre os filhos de Corá que escreveram esse cântico e o seu tataravô distante, Corá, que se rebelou contra Moisés. Embora o que Corá fez tenha sido muito errado, Deus ainda teve misericórdia dos filhos daquele homem. Agora, sempre que sentirmos que o Senhor está longe de nós, podemos orar esse salmo maravilhoso e permitir que essas palavras nos consolem.

# Salmo 43

### IDEIA CENTRAL:
Procure a história escondida no salmo.

### QUESTÃO PARA RESPONDER:
Que história o Salmo 43 nos conta?

Como muitos salmos, o Salmo 43 conta uma história. O homem descrito neste cântico deseja adorar a Deus no Templo (tabernáculo, altar) em Jerusalém (o monte santo do Salmo 43:3). Por alguma razão, ele está vivendo na região do Jordão (42:6), longe do Templo em Jerusalém, e está impossibilitado de ir para casa. As pessoas ímpias em volta dele zombam do seu desejo por Deus. (Lembra muito o Salmo 42!) Elas zombam (fazem piada) dele e o insultam dizendo: "Onde está o seu Deus?" (42:3,10). Mas o homem dessa história não desiste. Ele rejeita a zombaria dos outros. Repetidamente, pronuncia palavras de fé para sua alma cansada dizendo: "Por que estou tão triste? Por que estou tão aflito? Eu porei a minha esperança em Deus e ainda o louvarei" (42:5,11; 43:5). Essas palavras cheias de esperança são repetidas no coro que os dois salmos possuem.

Parece que os Salmos 42 e 43 se unem para formar um só cântico. Perceba como o refrão no Salmo 42:5 e 11 se repete no Salmo 43:5. Não há a informação de que o Salmo 43 tenha sido escrito pelos filhos de Corá, mas está no grupo dos salmos deles. Visto que ele tem o mesmo refrão e parece ser uma continuação do 42, o editor o colocou junto aos outros salmos dos filhos de Corá.

Hoje podemos ser encorajados a partir do exemplo do escritor do Salmo 43. Haverá momentos em nossa vida em que outras pessoas tentarão nos convencer a fazer a coisa errada. Se dissermos "não" para o convite de nos juntarmos a eles por querermos seguir a Deus, eles também poderão zombar de nós. Nós, porém, poderemos nos encher de coragem pelo exemplo dos filhos de Corá e permanecer com Deus contra aqueles que o rejeitam. Se alguém zombar de nós por louvarmos ao Senhor e obedecer à Sua Palavra, podemos voltar aos Salmos 42 e 43, encontrar consolo e dizer à nossa alma cansada enquanto oramos: "Espere em Deus!".

# Salmo 50

### IDEIA CENTRAL:
Tente entender de que ou de quem o salmo trata.

### QUESTÃO PARA RESPONDER:
Que pista nós temos de que o Salmo 50 é Deus falando conosco?

Quando Deus quis falar com o Seu povo, Ele entregou a mensagem por intermédio de um profeta como Jeremias, Isaías e Elias. Deus compartilhava Sua mensagem com o profeta, que então a transmitia ao povo. Às vezes, os profetas eram chamados de videntes, pois Deus dava a eles visões proféticas para compartilhar com o Seu povo. Alguns deles, como Davi, Asafe e Hemã, eram profetas músicos; eles transmitiam a mensagem de Deus por meio da letra de suas canções.

O rei Davi escolheu Asafe e seus filhos para liderarem a adoração na Casa do Senhor (1 Crônicas 25:6) e a profecia por meio dos cânticos (1 Crônicas 16:7; 25:1). Muito tempo depois que Davi e Asafe morreram, suas canções proféticas permaneceram e foram preservadas no livro de Salmos. Mais tarde, ao citar um dos salmos de Asafe, Mateus o chamou de profeta (Mateus 13:35).

O Salmo 50 é um dos salmos proféticos de Asafe. Perceba como no versículo 7 o salmista fala por Deus. Ele escreve: "Escute, meu povo, que eu vou falar [...]. Eu sou Deus, o seu Deus". Asafe não estava dizendo que era Deus, ele estava repetindo as palavras do Altíssimo para Israel. A profecia de Asafe no Salmo 50 transmite uma mensagem simples: Deus não queria que Israel oferecesse sacrifícios apenas porque assim instruía a Lei. O Senhor queria que eles assim o fizessem por amor a Ele e por gratidão por todas as Suas ações em favor do povo. Deus estava pronto para ajudá-los em tempos de adversidade e queria que Israel o amasse e dependesse dele.

E quanto a nós? Vamos à igreja porque é a coisa certa a se fazer ou vamos porque amamos a Deus? Servimos aos outros para que gostem de nós? Cantamos em voz alta e levantamos as nossas mãos para que as pessoas vejam ou porque amamos o Senhor? Assim como Israel, Deus deseja que o amemos de todo o coração e que levantemos a nossa voz para louvá-lo em gratidão por tudo o que Ele tem feito por nós. Deus nos oferece Sua ajuda em nossas dificuldades.

# Salmo 52

### IDEIA CENTRAL:
Procure por pistas nas epígrafes.

### QUESTÕES PARA RESPONDER:
O que aprendemos com a epígrafe do Salmo 52?

Uma epígrafe é uma descrição curta escrita no início do salmo. Consulte o Salmo 52 e veja a breve narrativa sobre um homem chamado Doegue, o edomita. Esse texto geralmente nos dá uma dica sobre a história bíblica com a qual o salmo está conectado.

O Salmo 52 é uma canção de juízo contra um homem chamado Doegue, o edomita. É assim que a história se desenvolve. O rei Saul estava com raiva de Davi e planejava matá-lo (1 Samuel 20:32-33). Por conta disso, Davi fugiu e encontrou Aimeleque, o sacerdote, e pediu a ele comida e uma espada. Aimeleque deu a Davi pão para comer e a espada de Golias e manteve segredo sobre o paradeiro de Davi. Mas um dos pastores de Saul, Doegue, o edomita, viu Aimeleque ajudar a Davi. Doegue traiu Davi ao contar para o rei Saul o que testemunhou, e Saul mandou buscar Aimeleque, sua família e outros sacerdotes. Aimeleque apoiou Davi admitindo que o ajudou. Então Saul ficou com muita raiva e ordenou que seus guardas matassem os sacerdotes, mas eles não quiseram ferir os homens santos de Deus. Assim, o rei Saul ordenou que Doegue os matasse. O edomita obedeceu e matou todos os sacerdotes, bem como suas esposas, filhos e rebanho. Um dos sacerdotes escapou, correu para Davi e contou a ele o que tinha acontecido. Quando Davi ouviu, disse: "Naquele dia, quando o edomita Doegue estava ali, eu sabia que ele não deixaria de levar a informação a Saul. Sou responsável pela morte de toda a família de seu pai" (1 Samuel 22:22).

O Salmo 52 traz um julgamento contra Doegue pelos seus atos de impiedade. Davi declara que um dia o Senhor arrancaria Doegue de sua tenda e o destruiria (v.5). O povo de Deus veria o julgamento do Altíssimo e o temeria, mas riria de Doegue quando o Senhor lhe punisse por seus atos de maldade (v.6). Em vez de se irar e buscar fazer justiça própria, Davi colocou sua confiança na bondade amorosa de Deus e deixou que Ele julgasse Doegue por seus pecados.

Podemos ter certeza de que o Senhor respondeu as orações de Davi por justiça. Hoje, relendo essa história, podemos aprender com os pecados de Doegue. Ele confiou em suas riquezas em vez de confiar no Senhor (v.7) e amou o mal mais do que o bem (v.3). No final, os incrédulos jamais vencem. Se alguma vez cometerem maldade contra nós, nunca devemos nos vingar, mas confiar que Deus retribuirá o mal que nos fizeram.

# Salmo 72

### IDEIA CENTRAL:
Tente descobrir de quem ou do que se trata o salmo.

### QUESTÃO PARA RESPONDER:
Sobre quem é o Salmo 72?

A primeira linha do Salmo 72, logo após o título, diz "De Salomão", mas, quando olhamos o último versículo desse salmo, lemos: "Aqui terminam as orações de Davi, filho de Jessé" (v.20). Ora, esse salmo foi escrito por Salomão ou é uma oração oferecida pelo seu pai, o rei Davi? Alguns estudiosos da Bíblia acham que pode ser os dois. Imagine o rei Davi já idoso, deitado numa cama, com seu filho Salomão ao seu lado. Davi está falando as palavras do Salmo 72 em relação ao seu filho. Salomão registra cada palavra para que não as esqueça.

A oração profética do rei Davi sobre Salomão se tornou realidade na vida desse seu filho. Salomão governou toda a terra (v.8, e veja 1 Reis 4:21), e os reis do deserto se curvaram diante dele (v.9). Reis levaram ouro a Salomão (v.15). Na verdade, a cada ano, reis lhe davam mais ou menos 23 quilos de ouro, e a própria rainha de Sabá lhe pagava impostos (1 Reis 10:13-15). Pessoas em necessidade iam até Salomão (v.12), e ele as ajudava (1 Reis 3:16-28).

Vemos alusões a um terceiro rei no Salmo 72 — o Rei Jesus. Somente em Jesus todas as nações serão abençoadas e todos o chamarão de bendito (v.17). Embora as nações tenham enaltecido Salomão durante o seu reinado, é ao nome de Jesus que todo joelho se dobrará (Filipenses 2:10 NVI). Davi termina sua oração louvando a Deus como o único que é bendito, "o único que realiza feitos maravilhosos" (v.18 NVI).

Um dia, quando o Rei Jesus voltar para julgar os Céus e a Terra, as palavras do Salmo 72:19 serão cumpridas. Todo pecado e mal será derrotado, e todos os povos da Terra o louvarão (Apocalipse 7:9), e toda a Terra será cheia da Sua glória.

Depois disso ouvi no céu uma voz forte como se fosse a de uma grande multidão, que dizia:

— Aleluia! A salvação, a glória e o poder pertencem ao nosso Deus! (Apocalipse 19:1)

A pergunta para cada um de nós é: seremos contados entre aqueles que estão cheios de alegria pela volta de Jesus porque creem, ou seremos contados entre aqueles que estão cheios de medo porque se recusam a crer e, por isso, serão julgados?

CINCO SALMOS DO LIVRO 3
# Salmo 73

## IDEIA CENTRAL:
Aprenda com a emoção do autor do salmo.

## QUESTÃO PARA RESPONDER:
Como você descreveria a paixão de Asafe por Deus através desse salmo?

O Salmo 73 nos mostra o coração e a paixão de Asafe em relação a Deus. Mesmo que Asafe experimente tempos difíceis, seu amor pelo Senhor impede que ele desanime. O Salmo 73 começa com uma confissão. Asafe admite que quase deixou de seguir a Deus. Logo no início, no versículo 3, ele ficou transtornado quando viu pessoas pecando contra Deus, e, mesmo assim, sendo bem-sucedidas. Asafe estava tentado a falar, com raiva e frustração, contra Deus, mas se conteve. Em vez de se afastar de Deus, Asafe se aproximou do Senhor. Ele foi ao Templo para perguntar a Deus por que aqueles que praticavam o mal eram abençoados. Foi ali no Templo que Deus revelou a Asafe que, no fim, os perversos serão julgados pelo Senhor. Ninguém escapa do seu pecado (Salmo 73:27).

Vemos o amor de Asafe por Deus nesta declaração (vv.25-26):

> No céu, eu só tenho a ti. E, se tenho a ti, que mais poderia querer na terra? Ainda que a minha mente e o meu corpo enfraqueçam, Deus é a minha força, ele é tudo o que sempre preciso.

Asafe amava duas coisas acima de tudo. Primeiro, ele amava o Senhor. Segundo, Asafe amava contar repetidamente os feitos de Deus para seus filhos e netos. Ele queria que a próxima geração conhecesse e adorasse o Deus que Ele amava. Asafe sabia que, se ele se voltasse contra Deus, seu mau exemplo arruinaria sua habilidade de contar isso à geração seguinte e de chamá-la a amar a Deus (v.15). Porém, por ele ter feito do Senhor Deus o seu refúgio, pôde contar sobre as maravilhosas obras de Deus (v.28). A declaração de Asafe nos versículos 25 e 26 é uma oração que devemos memorizar, pois é um exemplo a ser seguido quando, um dia, compartilharmos as boas-novas de Jesus com nossos filhos.

# Salmo 74

## IDEIA CENTRAL:
Os estudiosos não têm certeza se todos os autores indicados nas epígrafes dos salmos foram realmente aqueles que os escreveram.

## QUESTÃO PARA RESPONDER:
Foi Asafe ou outra pessoa que escreveu o Salmo 74?

Embora o Salmo 74 leve o nome de Asafe, muitos estudiosos da Bíblia acreditam que outra pessoa pode ter escrito este salmo por descrever eventos que aconteceram muito depois da morte de Asafe. Os 11 primeiros versículos nos contam a história da destruição e pilhagem do Templo de Deus. Já que a devastação do Templo aconteceu mais de 400 anos depois do nascimento de Asafe, certamente ele já não vivia mais na época em que a Babilônia invadiu Jerusalém.

Professores de ensino bíblico acreditam que esse salmo descreve a narrativa de quando o rei Joaquim se rendeu ao rei Nabucodonosor (2 Reis 24:8-17). Joaquim tinha 18 anos quando se tornou rei de Jerusalém. Ele não obedeceu a Deus, ao contrário, seguiu os maus caminhos de seu pai. Por isso, Deus enviou o exército da Babilônia para cercar a cidade e impedir que os suprimentos chegassem a Jerusalém. Em vez de se afastar do seu pecado e clamar pelo Senhor, o jovem rei entregou sua família e a cidade ao inimigo. O rei Nabucodonosor fez de Joaquim prisioneiro e levou todos os tesouros do Templo e do palácio para a Babilônia. Os utensílios usados no Templo, inclusive o candelabro de ouro, foram feitos em pedaços pelo exército da Babilônia (v.13).

Ou o Salmo 74 é uma profecia escrita por Asafe que descreve eventos futuros, ou é um registro histórico que revisita o que aconteceu, escrito por outra pessoa. Alguns estudiosos acreditam que o Salmo 74 foi escrito por outra pessoa e é apenas dedicado a Asafe. Seja como for, não muda o que podemos aprender com ele. O autor do salmo crê que Deus é Todo-poderoso e clama a Ele para que se lembre do Seu povo (v.2). A segunda metade do salmo (vv.12-23) reconta os feitos poderosos do Senhor e roga a Deus que se levante e defenda o Seu povo (v.22). Sempre que estivermos com problemas, podemos fazer essa mesma oração e pedir ao Senhor que venha em nosso auxílio. Nunca temos que nos entregar ao desânimo ou à incredulidade. Deus é Todo-poderoso e nos livrará.

# Salmo 77

### IDEIA CENTRAL:
Perceba como os autores do salmo compartilham suas lutas em sua oração.

### QUESTÃO PARA RESPONDER:
Quais são as lutas de Asafe e como ele encontra ajuda em Deus?

Um dos aspectos mais encorajadores dos Salmos é como os autores compartilham com sinceridade suas lutas. Asafe começa o Salmo 77 com um relato sincero sobre suas dificuldades. No versículo 2, ele nos conta sobre quando está angustiado e busca ao Senhor. Mas então ele nos dá seu relato sincero sobre suas provações. Ele nos fala sobre o quanto está angustiado e busca o Senhor, mas então nos fornece este sincero relato: "a minha alma está inconsolável!" (v.2 NVI). Ele diz que, quando se lembra da verdade de que Deus poderia ajudá-lo, geme e fica desanimado (v.3). Asafe declara: "Estou tão preocupado, que não posso falar" (v.4).

Você já se sentiu como Asafe? Talvez você esteja passando por uma difícil provação e alguém lhe recitou um versículo bíblico como: "Confie no SENHOR de todo o coração e não se apoie na sua própria inteligência. Lembre de Deus em tudo o que fizer, e ele lhe mostrará o caminho certo" (Provérbios 3:5-6). Talvez você pense com você mesmo: *É fácil falar, mas isso não está me ajudando agora.* É assim que Asafe se sentia.

Não é bom ver de perto e de forma pessoal as lutas de alguns dos nossos heróis da Bíblia nos Salmos?

Davi orou: "Até quando, SENHOR? Para sempre te esquecerás de mim? Até quando esconderás de mim o teu rosto?" (Salmo 13:1). Você já se sentiu como se Deus tivesse se esquecido de você?

A boa notícia é que aqueles que escreveram os Salmos não desistiram de Deus. No fim, vemos, muitas vezes, como a verdade os ajudou. Asafe não desistiu de Deus. Apesar dos seus problemas, ele se recusou a se esquecer de Deus. Ele tenta o seu melhor para relembrar tudo o que Deus tem feito (v.12). Assim como Asafe, se relembrarmos como Deus livrou o Seu povo, podemos ser encorajados e fortalecidos em nossas dificuldades.

# Salmo 78

### IDEIA CENTRAL:
Compare os salmos que têm o mesmo autor para ver o que você pode aprender.

### QUESTÃO PARA RESPONDER:
O que podemos aprender sobre Asafe nesses salmos?

O Salmo 78 pode ser chamado de música-tema de Asafe. Primeiro, vimos o salmista escrever no Salmo 73:28 sobre compartilhar as obras de Deus com a próxima geração. Aqui no Salmo 78, Asafe nos atribui uma tarefa: contar "à próxima geração os louváveis feitos do SENHOR, o seu poder e as maravilhas que fez" (v.4 NVI). A esperança de Asafe era que a próxima geração confiasse em Deus (v.7). É por isso que os pais leem e ensinam a Bíblia a seus filhos. O objetivo é que você cresça e, um dia, quando tiver seus próprios filhos, passe a verdade de Deus para eles — "e também os filhos que ainda nasceriam" (v.6). Então eles passarão para os filhos deles — seus netos —, que poderão contar aos filhos — seus bisnetos.

O apóstolo Mateus citou o Salmo 78: "Abrirei minha boca em parábolas, proclamarei coisas ocultas desde a criação do mundo" (Mateus 13:35 NVI). Ele explicou que esse versículo indicava, no futuro, os ensinamentos de Jesus por meio de parábolas. Pela leitura dos evangelhos, vemos que Jesus usava parábolas em Seu ensino. Ele contava muitas narrativas curtas que falavam da Sua missão e Seu reino — como o homem que descobriu um tesouro num campo (Mateus 13:44) ou o comerciante que procurou por uma pérola de grande valor (Mateus 13:45). Ao reler esse texto, vemos agora que Jesus estava falando de si próprio nessas histórias. Ele é tanto a pérola preciosa quanto o tesouro escondido. Por meio delas, Jesus revelou que Ele era o Messias que Deus tinha prometido enviar para livrar o Seu povo (Mateus 16:20).

Quando os pais ensinam a seus filhos (a próxima geração) sobre Jesus, estão seguindo os passos de Asafe. A maior maravilha que Deus já fez foi enviar Seu Filho para morrer por nossos pecados e ressuscitar vitorioso.

# Salmo 89

### IDEIA CENTRAL:
Procure pelos temas nos Salmos que são encontrados tanto no Antigo quanto no Novo Testamento.

### QUESTÃO PARA RESPONDER:
Qual tema do Salmo 89 é encontrado no Antigo e também no Novo Testamento?

O Salmo 89 é o único salmo escrito por Etã, o ezraíta. Etã viveu nos dias dos reis Davi e Salomão. Era um homem sábio e é comparado a Salomão (1 Reis 4:31). Etã era da tribo de Levi e tinha quatro irmãos (1 Crônicas 2:6); um deles era Hemã, um dos ministros de música na corte de Davi.

Nos quatro primeiros versículos desse salmo de Etã, ele reconta sobre a promessa que Deus fez a Davi de que levantaria um filho depois dele e estabeleceria seu trono para sempre (2 Samuel 7:13). Vemos esse tema tanto no Antigo quanto no Novo Testamento.

Quando falou com Maria, o anjo Gabriel anunciou que Jesus cumpriria a promessa de Deus a Davi. Gabriel disse: "Você ficará grávida, dará à luz um filho e porá nele o nome de Jesus. Ele será um grande homem e será chamado de Filho do Deus Altíssimo. Deus, o Senhor, vai fazê-lo rei, como foi o antepassado dele, o rei Davi. Ele será para sempre rei dos descendentes de Jacó, e o Reino dele nunca se acabará" (Lucas 1:31-33).

Mais adiante nesse salmo, Etã nos conta que a descendência de Salomão "permanecerá para sempre" (v.36 NVI), repetindo a promessa que Deus deu primeiro ao seu pai, Davi. Porém a promessa de Deus, como recontada no Salmo 89, é maior do que Davi e Salomão; ela aponta totalmente para Jesus.

Sabemos, através da história de Israel, que, apesar da sua sabedoria, Salomão se afastou do Senhor (1 Reis 11:9). O seu filho Roboão não era um rei sábio, e o reino foi dividido em dois logo depois que ele assumiu o trono (1 Reis 12). A maioria dos reis que vieram depois foram maus e não adoraram ao Senhor. Esse salmo até termina com Etã perguntando a Deus: "Ó SENHOR, onde estão as antigas provas do teu amor?" (Salmo 89:49). A resposta que Etã está procurando só pode ser encontrada em Jesus. Cristo é a descendência de Davi que se assenta no trono eterno (v.4).

## CINCO SALMOS DO LIVRO 4
# Salmo 90

### IDEIA CENTRAL:
Lembre-se da história de vida do autor ao ler os salmos dele.

### QUESTÃO PARA RESPONDER:
Que eventos da vida de Moisés influenciaram o que ele escreveu no Salmo 90?

Deus usou Moisés para libertar o Seu povo da escravidão do Egito. Neste salmo, Moisés está refletindo sobre sua vida e tudo o que Deus fez por ele. Para libertar Seu povo das mãos de Faraó, Deus enviou pragas como rãs, chuva de pedras [granizo] e moscas para convencer o rei do Egito a deixar o povo de Deus ir. Então, o Senhor abriu o mar Vermelho para que Seu povo escapasse do exército egípcio (Êxodo 14). Mesmo assim, o povo logo se esqueceu de tudo o que Deus havia feito para salvá-lo, murmurou quanto a não ter água e comida suficientes e fez um ídolo. Em vez de se alegrar em tudo o que Deus tinha feito, o povo murmurou.

Sempre que estivermos em dificuldade, podemos nos lembrar de como Deus livrou Israel do Egito. Mesmo quando não vemos nenhuma saída, podemos orar a Deus, pois, se Ele pode abrir o mar Vermelho, pode também nos livrar dos nossos problemas. Quando estamos passando por uma longa dificuldade que parece não ter fim, podemos fazer a mesma oração que Moisés fez a Deus: "Ensina-nos a contar os nossos dias para que o nosso coração alcance sabedoria" (v.12 NVI). A cada manhã quando acordamos, mesmo que nossos problemas não tenham ido embora, podemos orar e pedir a Deus que nos ajude a nos lembrar do Seu inabalável amor "para que cantemos e nos alegremos" (v.14). O Salmo 90 nos ensina que não precisamos esperar até que nossos problemas terminem para encontrar prazer e alegria em Deus e ser feliz todos os dias de nossa vida (v.15).

Moisés viveu mais de 400 anos antes do rei Davi escrever seu primeiro salmo. Isso faz do Salmo 90, a "Oração de Moisés", o salmo mais antigo da Bíblia. As palavras desse antigo salmo nos lembram de importantes verdades sobre Deus. Ele criou a Terra e é eterno — "tu és Deus eternamente, no passado, no presente e no futuro" (v.2). Deus governa sobre o homem e determina por quanto tempo cada um viverá até que "novamente virem pó" (v.3). Deus é maior do que o tempo; mil anos são como um dia para Ele (v.4). Moisés aprendeu que, quando enxergamos quão grande Deus é, todos os nossos problemas começam a parecer pequenos, e isso nos ajuda a enxergar que Deus pode nos ajudar em qualquer dificuldade, não importa quão grande ela nos pareça.

# Salmo 91

## IDEIA CENTRAL:
Procure pela palavra-chave no salmo que lhe diga sobre o que ele trata.

## QUESTÃO PARA RESPONDER:
O que a palavra-chave do Salmo 91 nos ensina?

A mensagem do Salmo 91 pode ser encontrada na palavra-chave "refúgio" (v.2 NVT). Um refúgio é um lugar seguro para se proteger, como um abrigo da tempestade. A mensagem do Salmo 91 é que, se colocarmos nossa confiança em Deus, Ele nos salvará. Deus é fiel a Sua promessa. Ele enviou o Seu Filho, Jesus, para morrer por nossos pecados. Jesus viveu de maneira perfeita e morreu por nós; assim todo aquele que confiar nele pode ser perdoado. Jesus sabia e confiava na promessa do Salmo 91, portanto nós também podemos confiar.

Quando o diabo tentou Jesus no deserto, citou o Salmo 91:11-12. Satanás levou Jesus ao topo do Templo e o desafiou a se jogar de lá. Ao citar esses versículos, o diabo estava dizendo algo como: "Vá em frente! Eu duvido você se jogar daqui de cima do Templo para testar e ver se as palavras do Salmo 91 são verdadeiras". É interessante que Satanás não recitou o versículo 13, que nos diz que, um dia, Israel pisoteará a serpente. Jesus derrotou Satanás ao entregar Sua vida na cruz para dar fim à maldição e nos prover um caminho para sermos perdoados.

Jesus não caiu na provocação do diabo. Ele confiou em Seu Pai e nas palavras desse salmo e se recusou a obedecer à sugestão de Satanás. Jesus conhecia a promessa do versículo 13, Ele sabia que derrotaria Satanás por meio da cruz e então esmagaria a cabeça da serpente. Dessa forma, Ele não caiu na armadilha do diabo. Depois de mais uma investida para tentar o Filho de Deus, Jesus ordenou que Satanás fosse embora. Assim que Satanás se retirou, anjos foram até Jesus e cuidaram dele (Mateus 4:10-11). Quando confiamos em Jesus, Ele envia Seu Espírito Santo para habitar em nosso interior e cuidar de nós em nossas dificuldades, ajudar-nos a dizer "não" ao pecado e a viver para Deus.

# Salmo 100

**IDEIA CENTRAL:**
Procure por temas em grupos de salmos.

**QUESTÃO PARA RESPONDER:**
Como o Salmo 100 se conecta aos sete salmos que vêm antes dele?

Depois que você tiver lido os Salmos 93–99, você deve estar preparado para emitir um brado de alegria (Salmo 100:1). O Salmo 100 encerra a celebração a Deus como Rei nos chamando a proclamar e louvar. Volte e dê uma lida nos Salmos 93–99. O que eles nos ensinam sobre o governo do nosso Deus e Rei? Estas são algumas coisas que descobrimos:

**Nosso Rei está vestido de majestade (Salmo 93:1).**
**Nosso Rei reina como juiz sobre toda a Terra (Salmo 94:2).**
**Nosso Rei está acima de todos os deuses (Salmo 95:3).**
**Nosso Rei é grande (Salmo 96:4).**
**Nosso Rei é reto e justo (Salmo 97:2 NVI).**
**Nosso Rei traz salvação (Salmo 98:2).**
**Nosso Rei é santo (Salmo 99:5).**

Séculos atrás em Israel, o rei Salomão construiu o Templo na cidade de Jerusalém. Quando o Templo foi concluído, "a glória do SENHOR Deus" desceu dos Céus e encheu todo o lugar com a presença dele. Quando o povo viu a glória de Deus encher o Templo, "se ajoelharam e encostaram o rosto no chão. Eles adoraram a Deus e o louvaram" (2 Crônicas 7:1-3). Dali em diante, o povo viajava para Jerusalém porque sabia que Deus reinava ali como Rei, e Sua presença estava no pátio interno do Templo. Eles podiam ver a glória do Senhor, a qual os lembrava da Sua força e poder, mas também os lembrava de que Deus estava com eles. Os portões e pátios citados no versículo 4 desse salmo são os portões de Jerusalém e do pátio do Templo onde Deus habitava.

Jesus predisse que o edifício do Templo seria destruído (Marcos 13:2), mas prometeu enviar o Seu Espírito para viver no coração daqueles que cressem (João 14:15-31). Assim, o povo de Deus é o Seu novo Templo. Deus está conosco assim como estava com Israel. O Deus que é descrito como santo, reto e justo, vive em cada cristão! É por isso que erguemos nossas mãos ao Senhor com brados de louvor e em adoração a Ele! Deus está conosco! Ele é o nosso Rei!

# Salmo 101

### IDEIA CENTRAL:
Aprenda a aplicar um salmo em sua vida.

### QUESTÃO PARA RESPONDER:
Como podemos fazer do juramento de Davi a nossa oração e aplicar o Salmo 101 em nossa vida?

Um juramento é uma promessa. O Salmo 101 é o juramento do rei Davi de seguir a Lei e os caminhos de Deus. Davi promete viver para Deus (vv.1-4) e punir o pecado de outras pessoas (vv.5-8). Além disso, ele sabe que precisa da ajuda de Deus, então clama ao Senhor, dizendo: "Quando virás para te encontrares comigo?" (v.2).

Todos nós somos chamados para viver para Deus e guardar a nossa vida do pecado. Podemos fazer do juramento de Davi a nossa oração. Veja os versículos. Quais linhas você acha que o Espírito Santo deseja que façam parte de sua promessa para Deus? Uma das mais úteis se encontra no versículo 3: "…não deixarei que entre [na minha vida] nenhum mal". Davi sabia dos perigos e tentações que vêm ao permitirmos coisas pecaminosas entrarem em nossa vida.

Se Davi precisava tomar cuidado em uma época anterior a computadores e outros dispositivos, nós devemos nos cuidar ainda mais nos tempos atuais. Deveríamos fazer do juramento de Davi a nossa promessa: "não deixarei que entre [na minha vida] nenhum mal". Quando virmos imagens inadequadas nas telas de nossos aparelhos, devemos nos afastar e contar a nossos pais. Passar tempo demais na frente de uma tela também pode ser um mal. É fácil perder a noção do tempo quando estamos jogando. Você pode desperdiçar horas sem ganhar nada com isso.

Davi não apenas protegeu seu olhar; ele queria evitar tudo que fosse mau e que o povo de Israel seguisse seu exemplo. Hoje, podemos nos cuidar e nos afastar da mentira, do roubo, da ira, do desrespeito aos pais e outros pecados que tiram nosso interesse por Deus.

# Salmo 103

### IDEIA CENTRAL:
Busque temas do evangelho no salmo.

### QUESTÃO PARA RESPONDER:
Onde você consegue ver sinais do evangelho no Salmo 103?

Monte Rosa é o nome do pico nevado mais alto das montanhas do Alpes Suíços. Charles H. Spurgeon comparou o Salmo 103 ao Monte Rosa. Em seus comentários sobre o livro de Salmos[1], ele disse que "como nos elevados Alpes alguns picos estão acima dos outros", também entre os salmos inspirados há picos de cânticos que se destacam demais. Esse é o caso do Salmo 103. Spurgeon acreditava que toda a mensagem da Bíblia havia sido espremida nesse único salmo.

As palavras do evangelho que apontam para Jesus saltaram da página quando Charles Spurgeon estudou o Salmo 103. Mesmo que Davi não soubesse todos os detalhes do plano divino de enviar Jesus para morrer na cruz, ele cria nos fundamentos do evangelho. Davi compreendeu que somente Deus era capaz de perdoar seus pecados (*iniquidade* é outra palavra para pecado, veja o v.3 ARA). Apenas Deus era capaz de redimir sua vida da "perdição" (v.4 ARA). "Redimir" é uma palavra que significa "comprar de volta". Veja bem, todos nós fomos vendidos como escravos do pecado por causa das coisas más que fazemos e, portanto, merecemos o castigo eterno. Jesus nos redimiu (nos comprou de volta) ao morrer na cruz e cumprir a sentença que nós merecíamos. Agora todos aqueles que confiam em Jesus são redimidos por Seu sangue (Efésios 1:7). Logo, quando Davi nos diz que Deus redime nossa vida da perdição, se refere a Jesus.

A melhor parte desse salmo é ler sobre o perdão divino. Quando Deus apaga nossos pecados, Ele os afasta de nós tanto "quanto o Oriente está longe do Ocidente" (v.12). Isso significa que Deus os apaga para sempre. Aqueles que se afastam de seus pecados para confiar em Jesus jamais sofrerão a ira de Deus por causa das coisas más que fizeram. A única resposta correta para o perdão amoroso de Deus é "louvar ao SENHOR", o que Davi repete sete vezes nessa canção. Nós louvamos ao Senhor quando oramos assim: "Querido Deus, obrigado por perdoar os meus pecados e me coroar com Seu amor e misericórdia".

---

[1] Charles Spurgeon, *Os tesouros de Davi*, volume 2 (Ed. CPAD, 2017).

# Salmo 107

**IDEIA CENTRAL:**
Estude as frases importantes que você descobrir nesse salmo.

**QUESTÃO PARA RESPONDER:**
Onde mais você ouviu as palavras leste, oeste, norte e sul?

É possível procurarmos na internet por palavras-chave e frases importantes da Bíblia e descobrirmos onde mais essas mesmas palavras aparecem. Se fizermos isso com "leste, oeste, norte e sul", dentre outras coisas, eis o que descobriremos.

O começo do Salmo 107 corresponde a uma profecia de Isaías. Ele escreveu: "Não tenha medo, pois eu estou com você. 'Do Leste e do Oeste levarei o meu povo de volta para seu país. Ordenarei ao Norte que os deixe sair e direi ao Sul que não os segure. Dos lugares mais distantes do mundo deixem que os meus filhos e as minhas filhas voltem para casa! Todos eles são o meu próprio povo; eu os criei e lhes dei vida a fim de que mostrem a minha grandeza" (Isaías 43:5-7).

O Salmo 107 convoca pessoas de todo o mundo — Leste, Oeste, Norte e Sul — a declararem a salvação de Deus. Em seguida, o salmo nos conta a história de quatro grupos diferentes de pessoas e como Deus as salvou apesar do pecado e da tolice delas. O autor compartilha a história em que Deus livrou aqueles que estavam perdidos no deserto (vv.4-9), aqueles que estavam na prisão (vv.10-16), aqueles que foram insensatos (vv.17-22), bem como os marinheiros, os quais Deus salvou da tempestade (vv.23-32). O Salmo 107 termina com um aviso a todos que o lerem: "Que aqueles que são sábios pensem nessas coisas e meditem no amor de Deus, o SENHOR!" (v.43).

Jesus repetiu a promessa do Salmo 107 e de Isaías 43: "Muitos virão do Leste e do Oeste, do Norte e do Sul e vão sentar-se à mesa no Reino de Deus" (Lucas 13:29). Hoje, Deus ainda está juntando Seus filhos que se perderam nos quatro cantos da Terra. Você consegue ouvi-lo chamar por você?

# Salmo 109

**IDEIA CENTRAL:**
Aprenda sobre os salmos imprecatórios.

**QUESTÃO PARA RESPONDER:**
O que é um salmo imprecatório?

A palavra *imprecatório* soa exatamente como é escrita quando a dividimos em partes menores: im-pre-ca-tó-rio. *Imprecatório* é uma palavra comprida, usada para descrever salmos que clamam a Deus para que Ele traga consequências ruins para inimigos maus. O Salmo 109 é um dos exemplos mais rigorosos desse tipo de oração. Davi ora para que Deus indique um juiz corrupto para lidar com seu inimigo (v.6), que os banqueiros (credores) tomem suas posses (v.11), que estranhos fiquem com o que esse inimigo conseguiu com esforço (v.11), que Deus tome sua vida (v.9), deixe seus filhos pobres e sem herança (v.10) "e que não haja quem cuide" deles (v.12).

O que nós devemos pensar de uma oração assim? Devemos orar pelo mal de nossos inimigos? Quando refletimos sobre esses salmos, é importante lembrarmos que Davi está pedindo a Deus para que Ele seja o juiz. Além disso, é importante notarmos como Davi respondeu a seus inimigos. Eles atacaram Davi sem nenhum motivo (v.3); isso significa que Davi não lhes fez mal algum. Ele também não contra-atacou; antes, amou seus inimigos e orou por eles (v.4). Mesmo assim eles fizeram mal a Davi e pagaram o bem que ele lhes fez com mal e o amor, com ódio (v.5).

A Bíblia nos orienta a nunca buscarmos vingança por aquilo que as pessoas más nos fazem, mas antes devemos deixar que Deus se encarregue de castigar as más ações (Romanos 12:19). Porém podemos clamar a Deus para Ele nos defender de nossos inimigos e castigá-los. Não há indicação, nesse salmo, de que Davi deixou de amar seu inimigo. O Salmo 109 nos proporciona uma janela para vermos como Davi ora a Deus para que o Senhor faça o que prometeu — livrar-nos de nossos inimigos. Também não devemos nos esquecer de que, afastados da graça de Deus, todos nós merecemos o castigo divino. Somos todos inimigos de Deus e, mesmo assim, Ele nos amou e enviou Seu Filho para morrer por nós. Isso nos demonstra como Deus trata Seus inimigos, e hoje, depois da morte e ressurreição de Jesus, Deus nos convoca para compartilhar as boas-novas do evangelho até mesmo com nossos inimigos.

# Salmo 110

## IDEIA CENTRAL:
Busque por versículos dos salmos que são citados no Novo Testamento.

## QUESTÃO PARA RESPONDER:
Quais versículos do Salmo 110 são citados no Novo Testamento?

Se você pegar uma Bíblia de estudo, poderá ver na coluna central de referência todos os lugares em que um determinado versículo é mencionado no restante da Bíblia. É útil anotar o número de vezes que um salmo é citado no Novo Testamento. Os autores do Novo Testamento muitas vezes nos ajudam a entender o significado dos trechos do Antigo Testamento que eles mencionam.

O Espírito Santo levou os autores do Novo Testamento a citarem o Salmo 110 muito mais do que qualquer outra passagem do Antigo Testamento. O Salmo 110 indica a vinda futura de um salvador de forma tão clara que os judeus da época de Jesus também criam que se tratava de uma profecia da vinda do Messias. Então como pôde Davi escrever de maneira tão nítida sobre Jesus centenas de anos antes de Seu nascimento?

O Salmo 110 nos diz que o Messias será o Rei de Israel (Jerusalém no v.2) e que será mais poderoso que todos os reis da Terra (v.5). Além disso, Ele servirá como sacerdote diante de Deus para sempre, o que significa que Ele viverá eternamente (v.4). O autor da carta aos Hebreus cita o Salmo 110 e explica que Jesus é o sacerdote mencionado por Davi no versículo 4 (Hebreus 7:21-24). Jesus entregou Sua vida por nós e, em seguida, ressuscitou dos mortos, voltando ao Paraíso onde começou Seu trabalho como Sumo Sacerdote. Jesus está diante do Pai e ora por nós (Hebreus 7:25-28). As cicatrizes em Suas mãos e pés provam, diante de Deus, que o preço pelo nosso pecado foi pago integralmente.

Uma das razões pelas quais Deus nos deixou os salmos proféticos como o Salmo 110 é para nos ajudar a crer e a depositar nossa confiança em Seu plano de salvação através de Jesus. Então aqui está a pergunta sobre a qual devemos refletir: Será que eu creio e confio em Jesus como meu Messias (aquele que Deus enviou para morrer em meu lugar pelos meus pecados e me resgatar)?

# Salmo 127

### IDEIA CENTRAL:
Procure por metáforas (figura de linguagem que nos ensina algo) no livro de Salmos e reflita sobre o que elas estão ensinando.

### QUESTÃO PARA RESPONDER:
Quais são as metáforas do Salmo 127 e o que elas querem nos ensinar?

Os Salmos são cheios de figuras de linguagem. Como por exemplo: "O SENHOR Deus é a nossa luz e o nosso escudo…" (Salmo 84:11). Isso não significa que Deus é literalmente um sol ou um escudo. Assim como o Sol é a fonte de toda luz e, portanto, traz vida à Terra, assim Deus é a nossa fonte de vida. Da mesma forma que um escudo protege um guerreiro na batalha, assim o Senhor nos protege. As metáforas ou figuras de linguagem conseguem comunicar verdades profundas numa simples imagem. O Salmo 127 usa a metáfora de um construtor e um vigia para nos ajudar a compreender por que precisamos da ajuda de Deus. Cada construtor sabe como é difícil fazer uma casa sozinho, sem um par extra de mãos para ajudar. Da mesma forma, um vigia não consegue guardar a cidade inteira sozinho. Não importa a direção em que ele olhe, o inimigo sempre pode atacar pela sua retaguarda. O mesmo ocorre conosco hoje em dia.

Salomão escreveu esse salmo para ensinar ao povo de Israel que eles precisavam de Deus. Sem a ajuda do Senhor, eles nunca poderiam ter derrotado seus inimigos. Sem a intervenção do Senhor, eles não poderiam ter construído o Templo, nem poderiam defender a cidade. Assim, toda a glória do belo Templo e da cidade pertencia a Deus. Infelizmente, as pessoas não se lembraram das palavras de Salomão e abandonaram o Senhor para adorar os ídolos.

Foi aí que Deus os disciplinou permitindo a destruição do Templo. Hoje, Deus está edificando a Sua Igreja, unindo pessoas como "pedras vivas" (1 Pedro 2:4-5). E nós ainda precisamos da ajuda de Deus para nos salvar e transformar o nosso coração endurecido. Precisamos que Deus nos ajude dia a dia em situações como escolher confiar nele em vez de nos preocuparmos e escolher amar o próximo em vez de ceder à raiva. Os pais podem ensinar seus filhos a respeito de Deus, mas apenas o Senhor pode tocar o coração de uma criança e abrir os seus olhos para crer e, assim, acrescentar uma pedra viva à Sua edificação. Não podemos fazer nada sem Deus (João 15:4). A boa notícia é que Deus está pronto para nos ajudar. Tudo o que temos que fazer é pedir e depender dele.

# Salmo 150

## IDEIA PRINCIPAL:
Sempre preste atenção ao final de um livro.

## QUESTÃO PARA RESPONDER:
O que o último salmo nos ensina a respeito de todo o livro de Salmos?

Podemos resumir a mensagem do Salmo 150 com uma frase curta: pegue os instrumentos e louve! Mas aqui fica a pergunta: O que estamos celebrando? Embora esse último salmo não traga uma longa resposta, no versículo 2 ele fornece dois motivos para adorar: louve "o SENHOR pelas coisas maravilhosas que tem feito", e louve "a sua imensa grandeza". Se esse fosse o primeiro capítulo do livro de Salmos, alguém poderia ler e pensar: *E o que é que tem demais? Não há nada de tão animador aqui.* Mas, quando se lê esse capítulo por último, após tudo o que se aprendeu ao longo do livro dos Salmos, você tem muitas razões para dançar e cantar.

Vamos rever algumas delas. Deus é maravilhoso, porque foi Ele que criou o mundo inteiro e tudo que você vê que existe para desfrutarmos (Salmos 8:3; 19:1; 24:2; 139:13; 146:6). A ação mais "maravilhosa" e especial de Deus é a Sua obra de salvação (Salmo 150:2). Embora todas as pessoas tenham pecado contra Deus e mereçam ser punidas, Ele não nos abandonou nem nos julgou (Salmos 14; 36 e 51), pois Deus é tardio em se irar e superabundante em Seu fiel amor (Salmos 86:5; 103:8; 145:8). Por causa disso, Deus nos salvou ao enviar o Seu Filho (Salmo 2:7) para ser crucificado em nosso lugar (Salmo 22:16) e ser rejeitado por Deus Pai (Salmo 22:1). Mas, como Jesus não tinha pecado, a sepultura não pôde detê-lo, e Ele ressuscitou (Salmo 16:10). Assim, todos os que confiam em Deus serão salvos (Salmo 118:14-24).

Agora que você sabe que o livro de Salmos trata de Jesus e a maneira maravilhosa como Ele nos salva dos nossos pecados, junte-se à celebração do Salmo 150. Encontre um instrumento, qualquer um. Pegue uma colher de pau e uma panela e bata com toda sua força. Dance e pule; grite e cante. A salvação prometida de Deus veio, e todos os que confiam no Senhor serão salvos. Então: "Cantem louvores a Deus. Cantem louvores ao nosso Rei" (Salmo 47:6).

Você pode se unir ao louvor agora mesmo. Um dos nossos hinos mais amados se chama "Doxologia" e foi escrito por Thomas Ken em 1674, mas ainda é amplamente cantado hoje em dia. Esse hino nos ajuda a responder o chamado final do livro de Salmos: "Todos os seres vivos, louvem o SENHOR!".

A Deus supremo Criador;

Vós, anjos e homens, dai louvor;

A Deus, o Filho, a Deus, o Pai;

A Deus, Espírito, glória dai.

Tomas Ken, 1674 (HA 581)

## Agradecimentos

Gostaria de agradecer a todos os estudiosos cujas obras formaram a base para que eu escrevesse este livro. Em especial, devo agradecer a O. Palmer Robertson, cujo livro *A estrutura e teologia dos Salmos* (Ed. Cultura Cristã, 2019) forneceu o conceito fundamental que eu segui para a compreensão da estrutura e organização mais ampla dos Salmos. Recomendo sua obra a qualquer pessoa interessada em um estudo mais aprofundado. Aqueles que estão familiarizados com a obra de Robertson verão suas digitais nas páginas de *Maravilhoso: Descobrindo Jesus nos Salmos*. Também gostaria de creditar a Charles Spurgeon e seu comentário sobre os salmos, em volumes, chamado *Os tesouros de Davi* (Ed. CPAD, 2017), assim como *Christ in the Psalms* (Cristo nos Salmos), de Patrick Henry Reardon. Tremper Longman III e seu livro *How To Read the Psalms* (Como ler os Salmos) e o livro *The Messiah and the Psalms* (O Messias e os Salmos), de Richard Belcher Jr. o conduzir-me na busca por Cristo em cada salmo. Além desses autores, gostaria de agradecer aos pastores e equipe da *Covenant Fellowship* por seu constante apoio e encorajamento. Devo agradecer também a Bob Kauflin, Ken Mellinger, Jim Donohue, Barbara Juliani, Matt Searls, Nancy Winter, Ruth Castle, e Jocelyn Flenders. Todos eles leram diversos manuscritos desta obra e forneceram críticas proveitosas. Sou mais grato ainda à minha esposa, Lois, que alegremente ouviu cada trecho escrito pelas manhãs à medida que me aventurei pelos Salmos compartilhando minhas descobertas, geralmente em meio às lágrimas.

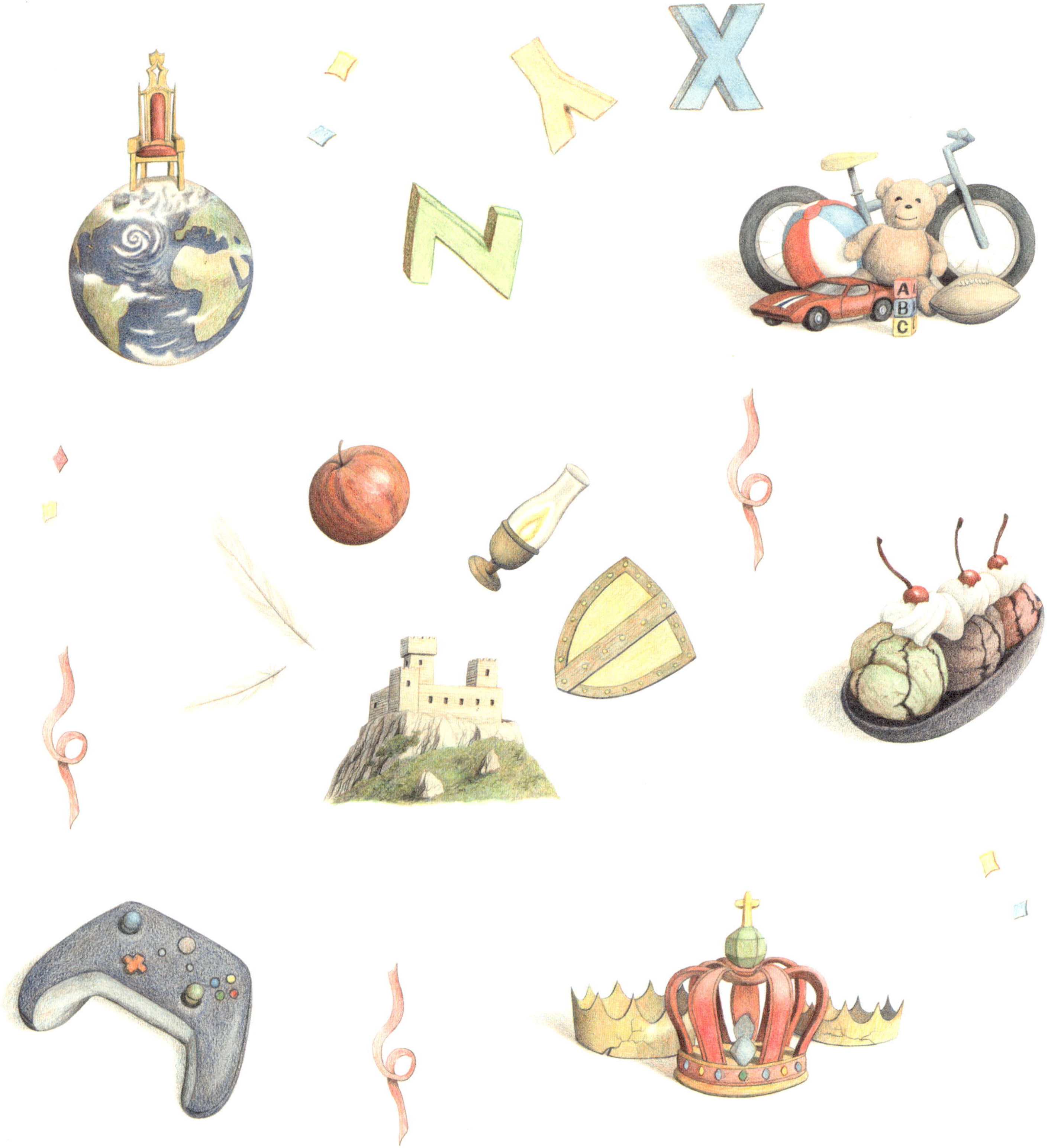
A
B
C